I0553619

LA NOCHE NO DURA PARA SIEMPRE

ROSE MARIE TAPIA

I.S.B.M. 978-9962-656-23-4
Portada: Kevin Reimer K.
Fotografía: Kevin Reimer K.
Ícono Pictórico: Myrna Castillero
P. 863
T172 Tapia Rodríguez, Rose Marie

EDICIÓN AMAZÓN

Copyright © 2017
Rose Marie Tapia

Se reservan todos los derechos. Ni la totalidad ni parte de esta obra puede reproducirse por ningún procedimiento electrónico o mecánico, incluyendo fotocopia, grabación magnética o cualquier almacenamiento de información y sistema de recuperación, sin autorización expresa de su autora.

Malas manos tomaron tu vida desde el día
en que, a una señal de astros, dejara su plantel
nevado de azucenas. En gozo florecía.
Malas manos entraron trágicamente en él...
Y yo dije al Señor: «Por las sendas mortales
le llevan. ¡Sombra amada que no saben guiar!
¡Arráncalo, Señor, a esas manos fatales
o le hundes en el largo sueño que sabes dar!
¡No le puedo gritar, no le puedo seguir!
Su barca empuja un negro viento de tempestad.
Retórnalo a mis brazos o le siegas en flor».
Se detuvo la barca rosa de su vivir...
¿Que no sé del amor, que no tuve piedad?
¡Tú, que vas a juzgarme, lo comprendes, Señor!

Soneto II, de Sonetos de la muerte
Gabriela Mistral

CAPÍTULO 1

En medio de la oscuridad de su habitación, el timbre del teléfono despertó a Bashira. Presa de ese pánico que se tiene al pasar de la inconsciencia a la conciencia, ella se incorporó. Era la una de la madrugada y seguía rondándola una pesadilla en la que su hijo era atacado. Por un instante, no estuvo segura de haber dejado atrás el mal sueño, no lo supo hasta que encendió la lámpara de la mesita de noche, descolgó el teléfono y escuchó la voz de Arturo, que a gritos pronunciaba palabras incoherentes. Entonces, su sueño se hizo realidad.

—Mamá, unos maleantes me persiguen, ¡están chocando la defensa del carro! ¡Me disparan! ¿Qué hago, mami, qué hago?

Con el camisón empapado de sudor y la respiración entrecortada, Bashira hizo un esfuerzo para calmarse.

—Tranquilo. Toca la bocina y no te detengas. No te detengas —reiteró.

Por el teléfono escuchaba el ruido de la bocina y los disparos. Le gritó a su esposo que despertara, pero como este no se movió, lo golpeó fuerte en la espalda con la mano que tenía libre.

—¿Ah? ¡Qué carajo pasa! —gruñó Rubén.

—¡Unos delincuentes están persiguiendo a Arturo! ¡Llama a la Policía!

—Hijo, ¿dime dónde estás?

—Pero, ¿dónde está él? —preguntó Rubén.

—Hijo, mantén la calma. Activa el GPS de tu celular y envíame tu ubicación.

—No puedo. ¡No puedo!

—Hazlo, aunque se corte la llamada, te llamo enseguida.

Pocos segundos después, ella observó la ubicación de Arturo en la pantalla del celular. Le dio la dirección a Rubén, quien en ese momento ya estaba comunicado con la Policía.

—Mamá, hay otro carro más, al costado izquierdo de mi vía. Me siguen disparando.

—Baja la cabeza —dijo Bashira, como si lo estuviera viendo.

—¡No puedo manejar si llevo la cabeza abajo!

—No te desesperes, hijo, resiste, ya la Policía y nosotros vamos a socorrerte.

Bashira oyó una ráfaga de disparos, una frase ininteligible y, después, el silencio. Miró a su esposo, quien se ponía un pantalón sobre el pijama, mientras ella se tiraba una bata encima del camisón. Rubén abrió el cajón de la mesa de noche y extrajo una pistola nueve milímetros. No encontraba las llaves de su carro y a gritos le pidió a su esposa que le diera la del suyo. Él corrió hacia donde estaba estacionado el vehículo y lo puso en marcha. Mientras ella se subía, estuvo a punto de caerse. Bashira no dijo nada, no era el momento para reproches. Una y otra vez, marcaba el celular de su hijo, pero nadie respondía. De repente, percibió un ruido y unas voces, no era Arturo. Supuso que eran los delincuentes o que su hijo había abierto la comunicación para que supieran que todavía estaba vivo. Bashira conectó el altavoz para que Rubén escuchara:

—Danos los paquetes o te enfriamos aquí mismo.

—¡No tengo ningún paquete! —respondió Arturo.

—Ah, ¿es qué quieres hacerte el machito?

—No sé de qué paquete me hablas.

—Tenemos este carro fichado, esta mañana retiró la droga.

—Este carro es de mi papá, el mío está en el taller. Es más, lo cogí sin permiso.

—Vaya, pero que berraco nos salió este pendejito — en el fondo se oyeron las carcajadas de los otros delincuentes.

Rubén aceleró el carro y, a la distancia, vio su camioneta. Tres hombres golpeaban a su hijo, con puños y patadas, quien apenas podía intentar una defensa. Bashira no entendía qué estaba pasando, pero una sospecha cruzó por su mente: ¿Rubén involucrado en asuntos de drogas? Esa pregunta comenzó a asomarse en su conciencia cuando oyó el diálogo entre Arturo y los atacantes. ¿De modo que era ese, en realidad, el motivo de la repentina prosperidad de su esposo, la que él justificaba acreditándose buen talento para los negocios? De ser cierta su sospecha, ahora su único hijo corría grave peligro a causa de ese delito.

—¡Desgraciado!

La ofensa salió de su boca como una ráfaga súbita. Rubén no contestó ni se dio por aludido; se imaginaba que ella se refería a los que golpeaban al muchacho.

Los delincuentes estaban tan alterados que no se dieron cuenta de que un auto todoterreno se acercaba a alta velocidad. Rubén se bajó. Era de complexión robusta y tenía un aire de seguridad que intimidaba. Su piel era cobriza, sus cabellos negros y sus ojos tan oscuros que no se le veían las pupilas, dilatadas en ese instante.

Los facinerosos se voltearon al escuchar el ruido de la puerta del auto al cerrarse. Bashira discernía si valía la pena bajarse o no; decidió ponerse en el puesto del conductor y dejó el carro en marcha. El delincuente, que parecía estar al mando, adivinó las intenciones de la mujer y disparó a las llantas del vehículo. Entonces, Rubén disparó al pecho del hombre y eso desencadenó la tragedia. El tipo que estaba detrás de Arturo le disparó a la cabeza y el otro le disparó a Rubén en varias partes del cuerpo. Este se tambaleó, mientras disparaba repetidas veces sobre los delincuentes. Uno de ellos logró salir ileso. Al ver que sus compañeros estaban fuera de combate, fue en busca de la mujer. Ella no sabía si este fue el que mató a su hijo; su mente no logró fijar los detalles, pero, a pesar de estar conmocionada, sabía que lo único que podía hacer era pedir ayuda. Se bajó del carro y en cuanto ella empezó a correr oyó el golpeteo de unas zancadas tras ella. Se arriesgó a mirar atrás y confirmó que el hombre que la perseguía era mucho más rápido, estaba ganando terreno y en unos segundos lo tendría encima. Respiró hondo y gritó. Fue un grito fuerte, de pánico que retumbó en la oscuridad de la noche. A su derecha había un condominio y el vestíbulo iluminado no le ofrecía un refugio seguro. Cambió de dirección bruscamente y cruzó la calle. Una mano la sujetó por la blusa; por suerte, el hombre estaba desarmado en el tiroteo, había perdido su pistola. Volvió a gritar y se zafó, apartando la mano que la sujetaba. Pero era inútil librarse y casi no le quedaban fuerzas. Se dio la vuelta, agarró la cara del sujeto y le arañó la mejilla, hundiéndole las uñas, como si fueran las garras de un animal salvaje. Después, intentó correr otra vez, pero las luces de un auto frente a ella la encandilaron.

Era una patrulla de la Policía. Cuatro agentes se apearon y redujeron al delincuente que la perseguía. Ella, de rodillas sobre el suelo, les habló a gritos:

—Mataron a mi hijo... mataron a mi esposo.

Un subteniente que comandaba la patrulla la ayudó a subirse al carro policial. Paralizada y con una sensación abrumadora de derrota, se sentó sobre el asiento trasero como si estuviera hipnotizada. Mientras tanto, los policías, corrieron hacia donde la mujer les dijo que estaban las víctimas. Uno de los agentes se quedó custodiando al delincuente que yacía esposado sobre el suelo. El conductor de la patrulla siguió a los policías que se desplazaban a pie y a unos treinta metros los encontraron. Arturo ya no mostraba signos vitales; Rubén, herido de gravedad, se movía entre un charco de sangre.

Los médicos mantuvieron bajo sedantes a Bashira por dos días en el hospital. Ella no tenía familia, era hija única y sus padres habían muerto. Su amiga Berna se encargó de los arreglos funerales de Arturo. La desconsolada madre no preguntó un solo momento por Rubén. Era como si lo hubiera borrado de su mente. No obstante, Berna le dio detalles de la situación, le informó que, pese a lo que se creyó al principio, las heridas que él sufrió eran de menor importancia, pero que permanecía vigilado por agentes uniformados en aquel mismo hospital.

—¿Quieres verlo? Se ha recuperado bien.

—No, hasta que todo se aclare. Sospecho que está involucrado en drogas y si así es, fue culpable de la muerte de mi hijo, no lo veré nunca más —dijo mientras apretaba los puños.

En efecto, Rubén permanecía detenido para investigación, pues en su carro los policías encontraron sesenta kilos de cocaína.

El sentimiento básico del duelo es de pérdida, similar al de una persona a quien le amputan un miembro. Del mismo modo que el amputado aprende a funcionar y desplazarse sin la ayuda del miembro amputado, la persona que pierde a un ser querido, cada mañana, al levantarse, advierte su minusvalía y, de esta manera, el sentimiento de pérdida se perpetúa.

CAPÍTULO 2

Bashira sufrió mucho cuando sus padres fallecieron; pero nunca antes sintió un sufrimiento tan inmenso como el que le producía la muerte de su hijo. Aquello era inimaginable. El vacío existencial la ahogaba. Solo tenía fuerzas para llorar. Su vida, una constante batalla, pues había tenido que luchar incansablemente por conseguir lo que tenía, pero ahora todo eso perdía valor. Abatida, sentía que la muerte de su hijo era su última batalla, una contienda perdida que le dejaba una herida demasiado grande y profunda.

Asistió al funeral como un alma en pena. Pocas personas la acompañaron, no tenía muchos amigos: Berna, su íntima amiga, el director del periódico donde trabajaba y dos compañeros. Al terminar el funeral, Berna la dejó en su apartamento, pues estaba exhausta y necesitaba descansar. Ya dormía cuando sintió que le tocaban el hombro. Ahogó un grito de espanto y una mano le cubrió la boca. Era Rubén.

—¡Qué haces aquí, desgraciado!

—Me dieron permiso para asistir al funeral de mi hijo.

—No te vi por ningún lado.

—No fui. Ya no hay nada que hacer, tengo poco tiempo. Vine a buscar dinero para entregarle al policía que me custodia.

—¿Por qué tienes que pagarle? ¿Acaso lo vas a sobornar?

—No es un soborno. Voy a escapar.

—Entonces, eres culpable. ¿Ocasionaste la muerte de mi hijo?

—No tengo tiempo de darte explicaciones. Pero será difícil comprobar mi inocencia.

Bashira vio con estupor cómo Rubén sacaba fajos de billetes de la caja fuerte oculta en el ropero de su habitación.

—¿Por eso cambiaste la combinación? ¿Temías que me diera cuenta de todo el dinero que tenías escondido? ¿De dónde salió esa plata?

—De mis negocios.

—¿Negocios? ¿Llamas negocios a lo que haces? Eres un mediocre incapaz de hacer tanto dinero en buena lid. Ahora estoy segura de que fuiste el culpable de que mataran a mi hijo.

—No me vengas con pendejadas, bien que disfrutaste la buena vida que te daba. Porque de otro modo, ¿podías costear tus gustos? Además, ¿cómo estás tan segura de lo que me acusas? Ese trabajo estúpido y mal pagado que realizas, pisándoles los callos a las personas más poderosas del país, ¿no crees que pudo ser lo que causó que nos pasaran la factura?

Bashira recordó sus tres últimas publicaciones en la Unidad de Investigaciones del diario Mercurio. Su editor les había asignado títulos controvertidos, beligerantes. A la proliferación de armas ilegales: Un arma en la canasta básica. Esa investigación se basó en las estadísticas que afirmaban que en Panamá existían más de trescientas mil armas clandestinas. Para llegar a esa conclusión hizo preguntas directas a las autoridades: ¿A quiénes les compran las armas los delincuentes? ¿Quién controla en mercado negro de las armas? También investigó los negocios marítimos, donde se presumía que estaban involucrados algunos altos funcionarios de la Autoridad Marítima, y su crónica fue titulada: Los mares panameños, entre corsarios y piratas. A los proyectos que el Estado contrató para pagarlos después de finalizados, a cuenta de la siguiente administración, aparecieron titulados: Proyectos llave en mano: destapando la caja de Pandora. Eso significó descubrir negociados en las más altas esferas gubernamentales, revelar nombres de los corruptos, echar abajo sofisticados esquemas de robo. Pero la más controversial de las publicaciones fue la que se refirió al uso de los recursos del Estado en la contienda electoral, la que apareció como: Juntas Comunales, puente entre la miseria de muchos y el poder de los corruptos.

Bashira sacudió la cabeza para desechar los pensamientos que llegaban a su mente como un tsunami. Por nada del mundo, Rubén lograría que se sintiera culpable. Ella oyó cuando el delincuente le pedía a su hijo que entregara los paquetes.

Rubén introdujo el dinero en dos maletines. Lo que más le dolía era darse cuenta de que su esposo no se veía afectado por la muerte de Arturo. Solo le interesaba sobornar al custodio y evadir a las autoridades.

—Llamaré a la Policía —Reaccionó, con furia contenida.

—Atrévete y te parto el cuello. Procede con la misma frialdad de cuando tu hijo llamó pidiendo ayuda, parecía que estuvieras viendo una película, cero emociones.

—Estúpido, estoy entrenada para conservar el control en situaciones extremas. Recuerda que dirijo la Unidad Investigativa del diario más importante del país.

—Pues ahora, conserva la calma, porque si te alteras, te mueres.

Esas palabras pronunciadas con tono amenazante hicieron que Bashira se estremeciera. Era inaudito que estuviera casada con un monstruo por veinte años y no se percatara de su inmensa perversión y peligrosidad. No obstante, se colocó en la puerta, en actitud desafiante, impidiéndole la salida como si no le importara morir. Rubén la empujó; ella se tambaleó y estuvo a punto de caer, pero recuperó el equilibrio justo cuando la puerta se cerraba tras ella. No hizo la denuncia, sentía una enorme confusión en su mente y carecía de fuerzas para luchar contra un sistema corrupto, donde de seguro la culparían de complicidad.

Cuando la Policía la indagó, ella dijo que durmió durante diez horas después del sepelio, y que cuando despertó se percató de la caja fuerte abierta. Se enteró por el inspector de la Dirección de Investigaciones Judiciales que Rubén sobornó a los custodios: al que lo acompañó hasta su apartamento y al que los esperaba afuera del edificio. Después de entregarles una suma considerable, se dirigió al aeropuerto y viajó a España, su país natal. Aún no pesaba contra él un impedimento de salida, por lo que pudo salir sin contratiempos. Se iniciaría un proceso judicial, le dijeron, pero de seguro tardaría meses en concretarse, sin que existiese seguridad de éxito.

Berna se percató del cambio en el comportamiento de Bashira, quien se aisló por completo. En verdad, se separó del mundo real, dejó de asistir al trabajo, rechazó visitas de amigos y compañeros; comenzó a comer menos y a perder peso. Necesitaba menos energía para vivir, por lo que dormía catorce horas diarias. Luego de dos semanas, su amiga le hizo un llamado de atención, al que ella solo respondió:

—Quiero estar sola.

—Estás deprimida, amiga, no debes estar sola.

—La depresión es una isla habitada por un solo náufrago. No queda espacio para nadie más.

—¿Eres ese náufrago?

—Ya dijiste que estoy deprimida.

CAPÍTULO 3

VEINTE DOS AÑOS ANTES

Bashira conoció a Rubén en una fiesta de Año Nuevo, en el Hotel Panamá, a la que ella asistió acompañando a Berna y al novio. Este quiso invitar a un amigo para que completasen las parejas, pero ella rotundamente le dijo que no. Así que mientras su amiga bailaba, ella permanecía sola en la mesa. Rubén llegó y se sentó sin ser invitado, algo que a Bashira le pareció un buen indicio de ímpetu y lo consideró atractivo. Bailaron durante todo lo que quedaba de la noche y, a partir de ese momento, se vieron a diario, a excepción de cuando Rubén viajaba. Se casaron un año después.

Desde los primeros meses de convivencia, se presentaron problemas de comunicación y constantes enfrentamientos. La pareja no se compenetraba y por esa razón, ella no deseaba tener un hijo. Por otra parte, Bashira pretendía consolidar una buena posición en su trabajo. No obstante, un descuido en los métodos anticonceptivos fue la causa para que saliera embarazada. Sin embargo, Rubén no demostró ningún entusiasmo.

Ella amaba a su hijo a pesar de que fue producto de un descuido; su esposo, en cambio, fue enfático al decirle que no deseaba tener más hijos. Ella estuvo de acuerdo, pues deseaba triunfar en su carrera de periodista y a duras penas podía atender al niño. Su trabajo en El Mercurio, por esos días, era la redacción de notas sociales, pero en la de temas políticos se produjo la renuncia de un periodista, y le preguntaron si aceptaba el cargo y ella dijo que sí. Le otorgaron dos semanas de prueba, sin embargo, su trabajo fue tan destacado, que antes del plazo le asignaron el puesto con un aumento de su salario.

Rubén se oponía a que ella trabajara, lo que ocasionó varios disgustos entre ambos, pero Bashira se impuso y dijo que prefería divorciarse, que dejar su empleo. A partir de ese momento, no se volvió a tocar el tema. En realidad, se sentía capaz de mantener a su hijo sin la ayuda de su esposo.

Los siguientes conflictos se debieron a las constantes infidelidades de Rubén. Bashira estaba tan ocupada en su profesión que nunca pudo sorprenderlo infraganti, y le dio el beneficio de la duda, a lo que contribuyó el hecho de que ya no estaba enamorada de su esposo, sino del apasionante trabajo que hacía.

En la sección política, Bashira hizo un trabajo interesante: consiguió entrevistas con los más connotados políticos sin caer en el amarillismo de otros medios de comunicación. La dirección del diario estaba complacida con su desempeño y la dejaron en esa sección cinco años. Pero lo que al principio resultaba una pasión, con el tiempo se fue haciendo rutinario y aburrido. Era casi insoportable escuchar a los políticos, inflándose el ego en cada entrevista que realizaba. Luego de efectuar una de ellas, el presidente de la Asamblea de Diputados, la invitó a salir, lo que colmó a Bashira, quien no pudo soportar más y exigió ser transferida.

No fue fácil lograr el cambio y llegó al extremo de presentar su renuncia al director. Este le preguntó qué podía hacer para que desistiera. Ella respondió:

—Cámbieme a la Unidad Investigativa.

El director asintió con un leve movimiento de cabeza. Apenas tuvo la certeza del cambio, ella rompió la carta de renuncia.

El negocio de Rubén no despegaba, siempre la misma queja, culpando a otros de sus fracasos. Bashira decidió separar las cuentas porque él disponía de sus fondos sin avisarle, con la excusa de que esta vez tenía una buena transacción que le duplicaría el dinero invertido. Cuando Rubén fue al banco a solicitar una chequera, se dio cuenta de que el nombre de su esposa no aparecía. El oficial del banco le comunicó que ella las había separado. Como él no llevaba el saldo de la cuenta, le pidió al funcionario que le imprimiera el suyo. Al darse cuenta de que solo disponía de doce dólares, dijo entre dientes al salir del banco:

—Esa perra me las pagará.

Al llegar a la casa, Rubén se sirvió un coñac y se sentó a esperar a su esposa. Cuando ella llegó, la botella recién abierta iba por la mitad. Le reclamó a grito y ella le contestó que no le permitiría disponer de su dinero para invertirlo en malos negocios que nunca funcionaban.

—¿Insinúas que soy un fracasado?

—No insinúo, me refiero a hechos comprobados.

Para no prolongar la discusión, Bashira se fue a su habitación y cerró la puerta con llave. Cada vez que la maltrataba, a él le tocaba dormir en el sofá del estudio.

Así fueron pasando los años. Bashira se hacía la desentendida con relación al comportamiento de su esposo; toda su energía la volcaba en el absorbente trabajo que desempeñaba en el diario. En ocasiones, pasaban días sin verse. Si bien ella descuidó a su esposo, no lo hizo así con su hijo. Siempre estaba pendiente hasta del más mínimo detalle y lo rodeó de amor.

La niñez de Arturo fue como la de cualquier niño. A pesar de las desavenencias de la pareja, su padre lo quería y lo sacaba a pasear a diario. Su madre se encargaba de él los fines de semana, logrando la excusa perfecta para no compartir con Rubén, aduciendo que estaba ocupada con su hijo. Esa fue la rutina familiar por muchos años.

Arturo era un chico tranquilo, se graduó de secundaria con buenas calificaciones y planeaba estudiar Arquitectura en los Estados Unidos. Tenía una novia de su misma edad, un tanto frívola, pero de buenos sentimientos. Salían todos los fines de semana a las diferentes discotecas. Bashira le exigía llegar a casa antes de la una de la madrugada y que conectara el GPS para confirmar desde dónde la llamaba. El chico odiaba esas medidas extremas y casi nunca las cumplía. En ocasiones, cuando él llegaba, ella todavía estaba en el periódico. No obstante, lo cuidaba en extremo, porque había descubierto patrañas y delitos peligrosos y sus enemigos sabían que su hijo era su talón de Aquiles.

Bashira llegó a la reunión que tenía la Unidad Investigativa con el director del periódico, Juan Aguilar, un hombre como de cincuenta años, que sin ser atractivo llamaba la atención por la seguridad que irradiaba. Era alto, fornido, cabellos ligeramente canosos, ojos pardos y piel canela, y llevaba diez años como director del diario, donde el trabajo era su preocupación central. Divorciado en dos ocasiones, cada vez que alguien le preguntaba por su estado civil, contestaba lo mismo: «incomprendido».

Al principio, Aguilar se sintió atraído por Bashira, sobre todo por el ímpetu y la decisión que imprimía en la ejecución de sus asignaciones; pero entendió que no era una mujer fácil de abordar y aprendió a apreciarla por sus grandes cualidades profesionales.

Juan Aguilar observó a Bashira mientras entraba, y no pudo evitar que afloraran los pensamientos que siempre ella le motivaba. A sus cuarenta años, le parecía una mujer más atractiva que cualquiera de las jovencitas que laboraban en el diario, pero a la vez inalcanzable, lo que, en lugar de hacerlo desistir, animaba sus intenciones hasta ahora ocultas.

Ella era de mediana estatura, delgada, de piel morena, cabellos rojo borgoña y ojos pardos y, aunque siempre vestía con discreción, era inevitable darse cuenta de su bien delineada figura, la que no pasaba inadvertida en un ambiente donde los hombres eran mayoría. En esa ocasión llevaba un juego de pantalón gris y una bufanda de variados colores sobre su hombro derecho.

Durante la reunión, el director les asignó el caso de los aportes a las diferentes Juntas Comunales, un tema bastante espinoso, tomando en cuenta que se aproximaban las elecciones. Tenía información de que las partidas eran utilizadas por los candidatos oficialistas para regalos con los que obtenían preferencias electorales. Ese era un secreto a voces, pero la Unidad Investigativa del diario, dirigido por Bashira Fuentes, debía encontrar las pruebas y publicar el reportaje antes de las elecciones.

Dos meses fue suficiente para hacer el trabajo, el cual

se publicó con detalles minuciosos, copia de los cheques, facturas e incluso devoluciones que fueron pagadas con cheques a nombre del representante del corregimiento o el diputado del circuito, sin excluir varios testimonios contundentes de favorecidos con tales prebendas.

El secreto a voces dio lugar a un escándalo sin precedentes y a exigencias populares de cárcel para los corruptos. Casi de inmediato, Bashira recibió amenazas de todo tipo, por lo que el director del diario le propuso contratarle un escolta, lo que ella rehusó sin muchas explicaciones.

CAPÍTULO 4

Bashira se interesó por conocer los avances en el proceso que se le seguía al único sobreviviente del homicidio de su hijo. Debido a su trabajo tenía buena relación con los fiscales, y solicitó que le permitieran visitar al detenido. Dos semanas después, logró el permiso. Pensaba que el reo se iba a oponer, pero no fue así. Ella se hizo el propósito de controlarse, pues sentía que si lo abordaba en forma correcta, este le diría la verdad.

El delincuente era un joven como de veinte años, de aspecto común y corriente. Sus primeras palabras fueron para asegurarle que él no fue quien hizo los disparos.

—Eso es algo que se verificará en su momento, y no soy yo la que va a decidir sobre ese aspecto. Solo quiero saber si mi esposo, Rubén, tuvo que ver con ese asunto.

—¿Por qué razón le iba a decir algo como eso?

—Porque puedo nombrar un acusador privado y tendrías que enfrentar al fiscal y a mi abogado. Te aseguro que te condenarán a treinta años. Por otra parte, mi esposo se escapó a España y no podrá tomar represalias en tu contra.

—Ofi, pero esto tendrá que ser entre usted y yo. Si afuera lo saben, me enfrían.

—No lo comentaré, te doy mi palabra.

—No sé si confiar en mujeres. Son mentirosas y cambian de opinión fácil.

—En este caso tendrás que confiar, y te aseguro que mi palabra vale más que la de muchos hombres, métete eso en la cabeza.

—No se me ponga violenta, le contaré todo lo que sé…

Según el sujeto, a la pandilla a la cual él pertenecía le llegó información de que Rubén y un socio retiraron una gran cantidad de droga para embarcarla a Los Estados Unidos. La sacaron en la camioneta de Rubén y la pandilla planeó quitársela; un «tumbe» como ellos llamaban a la acción. Lo siguieron para interceptarlo en el camino, pero lo perdieron de vista. Se mantuvieron en el área y una hora después ubicaron el carro.

—Lo demás usted lo sabe.

—Entonces, ¿es cierto que mi esposo estaba metido en el asunto?

—Ofí, doña. Creíamos que él era el que manejaba. Yo le dije a Palillo, el jefe, que soltáramos al pelao y nos lleváramos la mercancía, pero, ya sabe cómo se enredó todo: no se pueden dejar testigos.

La frialdad del detenido la exasperó. Se puso de pie, iracunda.

—Tú tampoco querías dejar testigos, ¡mentiroso, cabrón, desgraciado! Tú fuiste el que me persiguió y de no ser por la Policía, también estaría muerta.

—Fresca, doña, ¿vio lo que le dije? Ahora se va a echar para atrás. Coño, yo sabía que las mujeres cambian de opinión, más rápido que de panti.

—¡No es así! Cumpliré mi palabra, aunque se la haya dado a una rata como tú.

—¿Ah? ¿Ahora soy una rata? ¡Váyase a la mierda!

Salió casi corriendo del penal, incapaz de controlarse. Lloraba como si en ese momento acabaran de matar otra vez a su hijo. Entre dientes, repetía una y otra vez: «¡Maldito Rubén, maldito, mataste a mi hijo!»

El enorme vacío que dejó la muerte de su hijo se llenó de odio, un odio inmenso hacia Rubén, su esposo por más de veinte años. Cuando se lo comentó a Berna le dijo que deseaba verlo muerto, que se imaginaba, una y otra vez, que lo torturaban hasta matarlo. Soñaba despierta con aniquilarlo personalmente para que sufriera todo lo que ella había padecido.

La prueba de parafina salió positiva para el delincuente detenido. Entonces recordó la escena, él estaba colocado detrás de su hijo y fue quien le disparó a la cabeza. Poco después, el sujeto simuló un suicidio y, mientras era conducido al hospital Santo Tomás en una ambulancia, aprovechó un descuido y se evadió.

La recaída de Bashira fue significativa, Berna estaba preocupada por la depresión de su amiga, cada vez que la visitaba la encontraba en camisón de dormir. Esa mañana, observó que ella se había tomado tres tazas de café en el transcurso de una hora. Le preguntó por qué lo hacía y ella le respondió que debía estar alerta, porque cuando se aletargaba, su hijo se presentaba.

—No solo lo veo, me habla y me angustia tanto que no puedo contestarle.

Berna le aconsejó que consultara a un psiquiatra, porque ya era tiempo suficiente para que aceptase la muerte de Arturo.

—No se trata de aceptación; sé que mi hijo está muerto y desde el primer día lo acepté.

—Aunque digas lo contrario, estás en negación. ¿Cómo es posible que digas que tu hijo se te presenta y habla contigo? ¡Dios mío, no puedes seguir así!

José Daniel intenta tranquilizarme y se desespera cuando me ve llorar sin consuelo.

—Sé que está muerto. Pensaba que mi dolor lo ataría a esta dimensión, pero no, él se fue. Entonces, mandé a mi alma a buscar a mi hijo al Otro Lado. Después de muchos días mi alma retornó sola, pero ya no tengo espacio porque estoy llena de odio. Quiero irme con Arturo, pues él no puede regresar. Morir es como volver a casa. No hay mejor sensación, allí me sentiré animada y protegida, en ese lugar me esperan, mi hijo y mis padres. He invocado a los poderes del Otro Lado para que me permitan entrar en su mundo.

—¡Por Dios, escúchate, hablas como una loca!

—Estoy tranquila y escúchame bien lo que te voy a decir. Si te vas a poner en ese plan, no vuelvas a visitarme. Lo que menos necesito en estos momentos son regaños y recomendaciones absurdas. Además, ¡qué sabes tú! A ti no se te murió un hijo. ¡Ni siquiera eres madre!

Berna se levantó de la silla despacio y, sin pronunciar palabras, abandonó la casa. Fue directo a las oficinas de Juan Aguilar y le contó las condiciones en que su amiga se encontraba.

—Sé cuánto la aprecias, pero debes obligarla a que se incorpore a su trabajo, para que no enloquezca de dolor.

Berna no esperó respuesta, se retiró en silencio, pero con la esperanza de que él lograría que su amiga reaccionara.

Juan se presentó de improviso en la casa de Bashira y comprobó lo contado por Berna. Ella le habló de las largas conversaciones que tenía todas las noches con su hijo. Cuando él le preguntó si cabía la posibilidad de que fuera un sueño, provocó el disgusto de la mujer, quien aseguraba que le era posible tocarlo cuando se presentaba.

Luego de escucharla un rato más, le dijo que necesitaba que retornara a su puesto, o de otro modo tendría que asignarlo a otro periodista. Y, dado el tiempo transcurrido, no podía dilatar la respuesta.

Tres meses después del homicidio de su hijo, Bashira padeció meses de insomnio, angustia, ataques de pánicos e inestabilidad. No obstante, se incorporó a su trabajo. Pero no lograba concentrarse en sus funciones, a pesar del gran esfuerzo que hacía. El director todos los días pasaba por su oficina a infundirle ánimo. Solo con la ayuda de una psiquiatra logró estabilizarse y funcionar.

A medida que pasaba el tiempo, la rutina sepultaba el hondo dolor por la muerte de su hijo. Ya el trabajo no le apasionaba como antes, sin embargo, sabía que era su única tabla de salvación para mantenerse cuerda. Juan Aguilar fue un gran apoyo, pues le dio los casos más difíciles para apartar su mente de la tragedia.

Lo que no sabía Bashira era que Juan la amaba en silencio, porque siempre pensó en ella como una relación imposible, tomando en cuenta que él creía, como todos, que su relación con Rubén era firme y armoniosa, y no fue sino hasta después de la muerte de Arturo que comenzó a entender que debajo de aquella muralla existían grietas extensas.

Siete meses después de la partida de Rubén, Bashira recibió la visita de un abogado, que en nombre de su esposo solicitaba el divorcio por mutuo acuerdo. Ella firmó enseguida y le dijo que lo único que deseaba de su inmensa fortuna era el apartamento y su carro. Rubén propuso transferirle una cuenta por un cuarto de millón, pero ella se negó a aceptarlo, aduciendo que no deseaba mezclarse con dinero de oscura procedencia. Por otra parte, sentía que él intentaba pagarle por la muerte de su hijo, y eso no lo aceptaría jamás.

En menos de cuarenta días le entregaron la resolución del divorcio. Ese documento le proporcionó una sensación de liberación que solo compartió con Berna y con Juan Aguilar.

Dos semanas después, como a las diez de la noche, Bashira recibió una llamada de una prima de su exesposo, Andrea. Apenas recordaba haberla tratado una o dos veces, porque cada vez que Andrea los visitaba se iba de farra con Rubén y no la invitaban. Con palabras entrecortadas, le contó que Rubén tuvo una disputa con un socio, en la que llevó la peor parte: fue herido de gravedad y murió mientras se le daba los primeros auxilios.

—Te aviso únicamente para que te enteres. Estoy segura de que no vendrás a su funeral —afirmó Andrea, entre sollozos, y cortó la comunicación.

Ella se quedó con el teléfono en la mano por varios minutos. Ausente de sentimientos. «Rubén fue el culpable de la muerte de mi hijo: pagó su karma», dijo en voz alta. No obstante, sintió el aguijón de la culpa, porque muchas veces se imaginó la muerte violenta de Rubén y disfrutaba, recreando esa fantasía. Ahora la mala noticia y su creación mental se fusionaban en una espantosa realidad. A partir de ese momento, se hizo la firme promesa de trabajar en su espiritualidad. Solo Dios podía llenar los vacíos dejados por la muerte de su hijo y el odio hacia Rubén.

CAPÍTULO 5

En el umbral de una nueva vida, comprendí que mi trabajo espiritual me ayudaría a ver más allá del dolor y del odio. Me inscribí en una academia de meditación, donde me enseñaron a mirar en mi interior, allí donde está escondida la sabiduría del ser humano. Atravesé el sendero de la soledad, la amargura y el dolor antes de iniciar un nuevo camino, lleno de reconciliación y de amor.

El trabajo en el periódico fue de gran ayuda. Me hice el firme propósito de retomar mi vida, mis amistades, aquellas que nunca me abandonaron a pesar de mi aislamiento y los constantes rechazos. Ellos fueron el oasis en el desierto de mis desolaciones. Sí, viajé al infierno, pero ahora regresaba en busca de mis amigos con la seguridad de que los encontraría, de que me esperaban.

Esa mañana, en particular, Juan observó algunos cambios en Bashira, se veía tranquila, serena, como si se estuviera sanando de su inmenso dolor. Ya no mencionaba a su hijo, actitud que lo desconcertaba.

—Juan, hoy saldré más temprano, iré a misa.

—¡Misa!

—Sí, él cumple un año hoy…

—¿Te refieres a la muerte de Arturo, tu hijo? ¿Por qué no lo mencionas?

—No fue «la muerte», sino su asesinato. Y todavía duele mucho.

—Tal vez si hablas de él, liberes ese dolor que te está matando.

—¿Tú qué sabes? ¿Acaso te han matado a un hijo?

—No, pero eso no significa que no comprenda tu dolor.

—No tienes idea de lo que siento.

—Busca ayuda.

—¿Crees que alguien pueda devolverme a mi hijo?

—Claro que no.

—Además, ya busqué ayuda, por eso pude regresar a trabajar. Pero con relación al dolor que siento por la muerte de Arturo, nadie puede ayudarme y lo sentiré siempre, aunque pasen cien años. Rubén pagó con su vida el dolor que me infligió, y su asesino escapó, impune. Hago ingentes esfuerzos para recuperarme, trabajo en mi espiritualidad y he logrado algunos avances.

Las últimas palabras las dijo Bashira, mientras salía de la oficina a toda prisa. Aguilar permaneció varios minutos mirando la puerta, mientras movía la cabeza de un lado a otro, convencido de que era difícil ayudarla. Sin embargo, estaba dispuesto a hacerlo, aun contra su resistencia.

Al salir de la misa, Bashira se tropezó con un hombre y estuvo a punto de caer. Él la sostuvo con tanta fuerza que la lastimó. Ella se lo reclamó en forma airada. Cuando lo vio sonreír se enojó mucho más.

—Encima de que me tropieza, casi me deja sin brazo, y para colmo se burla.

—¿No me reconoce?

— Por supuesto que no lo recuerdo; a los patanes los olvido enseguida.

—Disculpe, Bashira. No era mi intención lastimarla.

Como una luz repentina, llegó un nombre, y la fecha

en que lo entrevistó. Fue su primera entrevista; recordó que se sentía nerviosa en esa ocasión, pues no creía contar con la suficiente experiencia para entrevistar a José Daniel Carrizo, el más exitoso de los escritores de su país. Sin embargo, él, con paciencia y consideración, la fue guiando y la entrevista se publicó en su totalidad, sin que el editor hiciera modificaciones. Fue el primer triunfo de muchos que llegaron después.

—Discúlpeme usted a mí, he sido una grosera.

—Tranquila, por la prensa me enteré de la muerte de su hijo, lo siento. ¿Tiene tiempo para que nos tomemos un café?

Bashira asintió y José Daniel la tomó del brazo para dirigirse a una cafetería cercana a la iglesia. Era la primera salida que ella hacía a un sitio distinto a su trabajo después de la muerte de su hijo.

José Daniel Carrizo era un hombre apuesto; alto, de piel bronceada, sus ojos verdes tenían una mirada firme y comprensiva. Un mechón de cabello castaño le caía sobre la frente. Su postura y su apariencia denotaban un carácter sencillo y sus labios finos dibujaban una leve sonrisa. Charlaron por más de una hora, donde él le contó que estaba escribiendo una novela política, donde denunciaba la corrupción imperante.

—Tengo varios trabajos investigativos que puedo enviarle por correo. Tal vez le sirvan.

—Se lo agradecería, aunque recrearé las situaciones con otro giro para no comprometerla.

—La verdad, poco me importa. ¿Qué me pueden hacer, si ya yo estoy muerta?

—Por Dios, Bashira, no diga eso. Tiene toda una vida

por delante y aunque la adversidad la haya golpeado, eso no significa que no pueda volver a ser feliz.

—¡Feliz, sin mi hijo, nunca!

El escritor guardó silencio por varios minutos. No sabía qué decirle a una persona en ese estado de depresión, y tampoco tenía la suficiente confianza para recomendarle que buscara ayuda psicológica. Por esa razón, cambió de tema y le preguntó en qué estaba trabajando.

—Tráfico de armas.

—Eso sí que es arena movediza. Tenga mucho cuidado.

—Desenmascararé a más de cuatro sinvergüenzas que tienen un doble discurso. Hablan de derechos humanos y trafican armas.

—¿Panameños?

—Sí, empresarios que se han asociado con colombianos y ecuatorianos.

—¿Los conozco?

—No puedo dar nombres por ahora. Cuando tenga las pruebas en mis manos, hablaremos.

A partir de ese día, José Daniel la llamaba diariamente. Ella aceptó una invitación a almorzar, cerca de su trabajo. Él le habló de los avances en su novela y ella de los suyos en la investigación sobre tráfico de armas.

Esa mañana, Bashira llegó al periódico más temprano que nunca. Abrió la computadora y contestó sus correos. La llegada intempestiva de su asistente, la sorprendió. Él era comedido y siempre tocaba antes de entrar. Le dijo alarmado que un hombre de apariencia sospechosa le entregó una carta para ella, advirtiéndole que la pusiera en sus manos directamente. Abrió la nota; era corta y decía: «Le ofrezco una entrevista exclusiva para su periódico, los demás medios están vendidos al poder económico. Pero no puede ser aquí. Mucho riesgo. Búsqueme el próximo sábado a las dos de la tarde en el pueblo de Boca de Cupe. Comandante Andrés».

No había oído hablar nunca de alguien con ese nombre de guerrillero, pero parecía una oferta genuina e interesante.

—Llamaré a José Daniel, a él puede interesarle ese tipo. No me apetece internarme en la selva para entrevistar a un guerrillero.

—Jefa, ¿quién es José Daniel? —preguntó su asistente.

—Un amigo escritor. ¿No has oído hablar de José Daniel Carrizo?

—Sí, lo recuerdo vagamente.

—Eso indica que no eres buen lector. Es un escritor importante en nuestro país.

En cuanto estuvo sola, llamó a José Daniel para preguntar si conocía al comandante Andrés. De inmediato notó que él evadía una respuesta concreta y, en cambio, le pidió que se encontraran una hora después en un restaurante. Al llegar, ya su amigo la esperaba.

Después de leer la nota, él le preguntó.

—¿Piensa asistir a esa reunión?

—¿Sabe quién es el comandante Andrés?

—Sí, un insurgente colombiano que opera en la frontera.

—¿Es de las Fuerzas Armadas Revolucionarias?

—No; al contrario, es paramilitar. Dicen que ha matado a muchos guerrilleros.

—¿Entonces es peligroso?

—Muy peligroso. Debe tener mucho cuidado.

—No creo estar dispuesta a arriesgarme para entrevistar a un asesino. Aunque poco me importa la vida, no deseo morir en la selva y que no encuentren mi cadáver. Quiero que me entierren al lado de mi hijo.

—Por Dios, mujer, deje de decir que quiere morirse. Me preocupa su depresión.

—Tranquilo, ya estoy mejor. Hace unos meses, ni siquiera me levantaba de la cama.

—Si me lo permite, yo puedo asistir en su reemplazo, lo entrevisto y ustedes publican la entrevista en el periódico. Además, estoy interesado en recabar información para mi próxima novela.

—¿No es mucho riesgo para usted?

—No se preocupe, sé cuidarme.

—No pienso que sea buena idea, pero es su decisión.

Él le aseguró que todo saldría bien y se comprometió a asistir a la cita con Andrés. Bashira se olvidó del asunto y se enfrascó en sus deberes, hasta que recibió una llamada del hermano de José Daniel, quien, alterado, le manifestó su preocupación, pues no tenía noticias de él desde hacía varios días.

—Y, ¿cuándo quedó en regresar?

—El domingo y hoy es jueves. Estoy angustiado, porque me dijo que se entrevistaría con un paramilitar, y que usted sabía.

Bashira le sugirió poner la denuncia ante la Policía y

le solicitó que la mantuviera informada.

Pasado un mes, parecía que a José Daniel se lo hubiera tragado la selva. Día a día aumentaba la preocupación de Bashira, quien se sentía culpable. No lo pensó más y decidió que esa misma semana viajaría a la frontera de Panamá con Colombia. Solo a su amiga Berna le comentó acerca del viaje. Ella se opuso a que viajara sola y, después de una acalorada discusión, logró convencerla de que la acompañara Ruth, una de sus secretarias en la agencia de bienes raíces. Por su parte, a la chica le pareció una formidable aventura.

CAPÍTULO 6

El sábado al amanecer, Bashira alquiló una avioneta para que las llevara a la frontera. El piloto las dejó en una pista de césped cerca de un caserío divorciado de la civilización, donde encontraron a varios campesinos e indios emberas. Uno de los campesinos les preguntó qué hacían allí y le respondieron que buscaban a un amigo escritor que visitó ese pueblo un mes atrás. El señor dijo que lo recordaba, pues lo vio charlar con un paramilitar y luego se fueron juntos selva adentro. Las revelaciones del campesino preocuparon mucho a Bashira, quien no se explicaba por qué razón José Daniel se había internado en la selva con ese hombre tan peligroso, que no podía ser otro que Andrés, temido por muchos, admirado o despreciado por otros. Le agradeció al señor la información y se despidió. Cuando ya se alejaba a paso lento, el hombre la llamó.

—Espere, señora, he recordado algo que tal vez pueda ayudarla. Cuando su amigo conversaba con el hombre, al parecer algo lo disgustó. Creo que discutían por alguna razón. No sé si esto sea importante.

—Lo es y mucho. Eso me hace temer que mi amigo no acompañó a ese hombre por su voluntad.

Se sentía culpable por haber involucrado a José Daniel en esa aventura. No encontraba justificaciones, él no era un amigo íntimo. No obstante, tenía que reconocer que José Daniel le agradaba. Tampoco comprendía la razón por la cual él se ofreció para hacer la entrevista en su nombre, aunque tal vez fuera por ese anhelo de aventura

37

que tienen todos los escritores. Sin importar las causas, ella era responsable de la suerte de José Daniel y haría cualquier cosa por rescatarlo. Entonces, le preguntó al campesino si quería trabajar para ella. En esa región de pobreza extrema, nadie rechazaba un trabajo, por riesgoso que fuera, aunque en la selva hay que sortear muchos peligros. Es la única forma de sobrevivir en un lugar inhóspito.

En voz alta y demostrando su alegría por conseguir ingresos, dijo:

—Solo dígame lo que tengo que hacer y lo haré.

—Necesito enviarle un mensaje al comandante Andrés. ¿Sabes cómo encontrarlo?

—Usted nada más escríbalo y yo se lo llevo. Solo le pido que me dé un adelanto.

—¿Cuánto me va a cobrar?

—Lo que me quiera dar, pero tome en cuenta que es un riesgo grande.

Bashira abrió su cartera y le entregó cien dólares. El pobre hombre se sorprendió.

—Eso es demasiado.

—Estoy considerando los riesgos. Si consigue encontrar al comandante Andrés y a mi amigo, le daré otra cantidad igual.

—Enseguida salgo a entregar el mensaje, espere mi regreso en la pensión del pueblo.

—Así lo haré, pero no me vaya a fallar. Tengo que encontrar a mi amigo.

—No se preocupe, señora, le cumpliré.

El hombre se marchó con el encargo, sin mirar hacia atrás. Bashira supo en su interior que podía confiar en él. Estaba cansada y se dirigió a la pensión. Era una casa grande con seis habitaciones, la dueña la había heredado de sus abuelos y la usaba como hotel para alojar a los pocos visitantes. Ruth, a su lado, hacía esfuerzos para seguirle el paso. En esa temporada la ocupación era escasa y la dueña no tuvo inconvenientes en alquilarles dos cuartos. Uno para ella y otro para su acompañante. No era un hotel de lujo, pero sí un lugar limpio y confortable. Desempacó, después de evaluar el lugar, supo que la mayoría de la ropa no la usaría. Se durmió por tres horas. Cerca de las cuatro de la tarde se levantó. No había almorzado y tenía fatiga. La señora de la pensión le sirvió la comida y ella la devoró con mucho apetito. Ruth comió primero y estaba dando un paseo. Ella también salió a dar una vuelta, pues necesitaba hacer algunos contactos y seguir con las averiguaciones sobre el paradero de José Daniel.

Varios de los lugareños, no sin cierto temor, confirmaron la versión del campesino y ella tomó nota de todo para compararlas y sacar una posible hipótesis, con el fin de planear las estrategias del rescate.

El mensajero la buscó en la pensión y, al no encontrarla, se sentó a esperarla. Una hora después regresó ella y le preguntó:

—¿Logró entregar el mensaje?

—Sí, señora, y le traigo respuesta.

Las cosas estaban saliendo mejor de lo que ella pensaba. Impaciente, se acercó al hombre.

—Por favor, dígamelo.

—Es una nota del propio comandante Andrés.

Bashira le arrebató el papel. Escrito en letra de imprenta, el texto era breve. «Se ha tardado. Vaya mañana

a medio día al mismo lugar donde habló con Apolonio.
Él puede traerla. Venga sola».

—¿Me llevará al lugar, Apolonio?

—Sí, señora, y no tiene que pagarme, ya el comandante lo hizo.

—¿Cuánto tardaremos en llegar allá?

—Una hora es suficiente.

—Muchas gracias por toda su ayuda, mañana estaré lista a tiempo.

—Estoy a su mando, señora.

Bashira no pudo dormir en toda la noche. No confiaba en los guerrilleros, ya que en su concepto, no tenían ningún tipo de ideología, la mayoría de las veces los impulsaba la codicia o la venganza.

Al día siguiente se levantó temprano, deseaba averiguar, antes de partir con Apolonio, cómo era el comportamiento de esos tipos cuando incursionaban en territorio panameño. La señora de la pensión le comentó que los muchachos de Andrés no causaban problemas. Llegaban a la abarrotería, compraban comida y se retiraban en silencio.

—Con nosotros no se meten para nada —agregó.

Fue a su habitación y escribió dos cartas, una para Berna y otra para Juan, contándoles su proyecto. Tenía que tomar todas las precauciones. Cuando terminó, se la entregó a Ruth y le dijo que si no volvía en tres días, regresara a la capital y distribuyera las cartas.

A las diez y media, Apolonio fue a buscarla. Traía dos caballos, aunque Bashira no tenía experiencia como jinete, se animó pensando que siempre hay una primera vez para todo, y reconfortada por el campesino, quien le aseguraba que esa era una bestia mansa. Subió a su montura y partieron al encuentro del comandante Andrés. Una hora después, Bashira estaba exhausta y le pidió a su acompañante que descansaran un rato, pero él apuntó con su dedo hacia delante y le dijo, sonriendo:

—Señora, si ya llegamos.

La sombra de árboles gigantescos, nubes de mosquitos y una lluvia intensa fueron sus acompañantes durante el trayecto. Bashira se sentía impresionada por el entorno, podía oler la tierra mojada, presentir el peligro de las fieras que la rodeaban, pero también disfrutaba al escuchar la melodía de los pájaros cantando, el correr del agua entre las piedras y los barrancos de las quebradas y el sonido del viento entre las ramas.

Llegaron a unos bohíos que se confundían con el ambiente. Un vigía le salió al paso de pronto; luego de identificarlos, les dijo que el comandante Andrés demoraría en llegar, lo que Bashira aprovechó para tenderse sobre unos troncos que hacían las veces de trinchera para la defensa. Intentó recuperarse del ajetreado camino, pero a los pocos minutos apareció Andrés, acompañado de unos veinte hombres fuertemente armados. La apariencia de los insurgentes, que parecían verdaderos forajidos, asustó a Bashira, quien se levantó despacio. De inmediato identificó al jefe. Sobresalía entre todos ellos. Como de un metro ochenta, blanco, de cabellos negros en desorden, barba descuidada, cuerpo atlético y unos profundos ojos negros. Ella tuvo que reconocer que era apuesto.

Andrés se acercó a Bashira sin muchos preámbulos.

—¡No me diga que usted es la periodista que me dejó plantado!

—No le dejé plantado, le envié a un escritor amigo para que le hiciera la entrevista.

—No sabes seguir instrucciones, ¿verdad? Pedí la entrevista contigo, no con él.

—No tenía por qué seguir sus instrucciones.

—Así me gustan las mujeres, rebeldes. Pero él no es periodista.

—¿Entonces por qué razón lo secuestró?

—¿Quién te dijo que está secuestrado?

—¿No? Es de suponer eso, porque no ha regresado.

—Ustedes, las mujeres, siempre suponen. ¡Qué fastidio!

—¿Lo tiene secuestrado, o no?

—Si escribir una novela es estar secuestrado.

—¡Escribiendo una novela!

—Sí, señora, una novela de mi vida.

—Entonces, ¿lo tiene retenido para que cuente su historia?

—Si lo quiere poner de esa forma, está bien. Pero el escritor está apasionado con mi testimonio.

—Deseo ver a José Daniel y que sea de inmediato. No le creeré nada de lo que me ha dicho hasta que él me lo diga y vea con mis propios ojos que está sano y salvo.

—Las mujeres y sus dramas —hizo una pausa y agregó—. ¿No te da miedo de que también me quede contigo?

No pudo disimular su disgusto al oír que la tuteaba. «Pero no se puede esperar que un guerrillero, en plena selva, tenga modales», pensó. Por esa razón, solo dijo:

—Correré ese riesgo.

Bashira se despidió de Apolonio, quien regresó al pueblo con ambos caballos. Le recomendó que le dijera a Ruth que no olvidara sus instrucciones. Andrés le gritó que se apurara porque tenía prisa y debían ir al campamento. Ella preguntó en qué se iban a transportar y Andrés, por toda respuesta, alzó sus botas enlodadas, mientras varios de sus hombres soltaban una carcajada.

Caminaron cerca de una hora, Bashira estaba cansada y de mal humor. Tenía mucha sed y pidió agua. Andrés le acercó su cantimplora. Cuando solicitó un vaso, eso motivó la burla del grupo. Andrés reía divertido y como el que cuenta un chiste dijo:

—Muchachos, ¿alguien trajo un vaso? A la señora le da asco mi cantimplora. ¿Qué les parece?

Los hombres se reían de la ocurrencia de Bashira, y de su cara de disgusto. Pero la sed era insoportable y tampoco estaba dispuesta a tomar de las corrientes que encontraban a su paso, así que cerró los ojos y tragó varios sorbos. El agua estaba caliente y tenía mal sabor, pero no dijo nada. Le devolvió la cantimplora a Andrés y continuó la caminata sin quejarse. De una bolsa él sacó un pedazo de pan duro y se lo ofreció; iba a rechazarlo, pero lo pensó mejor y se lo agradeció.

— El hambre y el cansancio vencen hasta a los más remilgosos —Esta vez el comentario parecía más un consejo.

Estaba hastiada de tantas dificultades e incomodidades, segura de que el tipo aquel se proponía castigarla porque lo dejó plantado. Casi frente a ellos, ocultos entre el follaje y el relieve, aparecieron los techos de unos bohíos. Respiró profundo. Tenía miedo, pero por suerte a ella el miedo no la paralizaba, por el contrario, sabía conservar la serenidad bajo presión. Aligeró el paso para seguir de cerca al jefe. En ese intento tropezó y cayó. Él la tomó por un brazo y la levantó como si fuera una pluma. Uno de sus zapatos quedó enterrado en la tierra y se inclinó para recogerlo, pero ya Andrés lo tenía en sus manos y lo levantó para que sus compañeros lo vieran.

—¡Miren los zapatos que trajo la doña! Zapatillas de marca. Ella creía que iba de compras.

Sus compañeros lanzaron ruidosas carcajadas, Disgustada, intentó arrebatarle el calzado, pero no lo logró.

—Señora, la mayoría de los problemas se arreglan con el machete en este lugar.

Ella retrocedió llena de horror al verlo desenfundar un afilado machete que colgaba en uno de sus costados. Pero él lo usó para rebanar la gruesa capa de lodo adherida a la suela. Luego le pidió la otra zapatilla para repetir la acción. Ella obedeció, maldiciendo por dentro. Pero cuando volvió a calzarse tuvo que admitir que venía caminando con gran desventaja hasta ese momento.

—En mi pueblo, con lo que gastó por ese par, viviría una familia contenta por dos meses. ¿Cuántos pares de zapatos tienes?

Bashira no contestó, reconociendo que él tenía razón. Sin embargo, ella no estaba dispuesta a pedirle disculpas a ese patán.

El campamento, como ellos lo llamaban, no era más que cuatro chozas. Sin poder contener su impaciencia, preguntó por su amigo.

—Ten calma, que pronto lo verás. Descansa en este rancho; va a anochecer y ha sido un largo viaje.

Doblegada por el cansancio, entró y se recostó en un catre, tendido en el centro del bohío. Casi de inmediato cayó en un inquieto sopor. Las imágenes se agolpaban en su mente. Andrés la torturaba con una crueldad inaudita. Ella no se quejaba, él le hacía preguntas que no comprendía y como no le daba respuesta, seguía atormentándola. Pasados unos minutos, su verdugo la tomó por el cuello para estrangularla. Ella gritó y una mano le tapó la boca. Despertó súbitamente y vio a José Daniel. Cuando se tranquilizó, él retiró su mano y le preguntó.

—¿Qué diablos haces aquí?

—Vine a rescatarte.

—¿A rescatarme? ¡No seas ilusa! Primero, no me tienen retenido y, si así fuera, necesitarías un ejército para liberarme. ¿O crees que esto es asunto de mujeres de ciudad?

—No pensaba combatirlos, sino persuadirlos.

—Peor. ¿Pretendías dialogar con el cuerpo diplomático de los paramilitares? ¿Con su mediador? Estos son tipos sin Dios ni ley. Matan por cualquier sospecha y después averiguan, ¿cómo se te ocurre «dialogar»con semejantes bárbaros?

La mujer se levantó de un salto. Mascullando las palabras, dijo.

—Ni una burla más, bastante tuve que soportar antes de llegar a este sitio. No soy el enemigo, ¿qué diablos te pasa?

José Daniel sonrió y haciendo una leve inclinación de cabeza, respondió.

—Perdón, no te disgustes, no ha sido mi intención ofenderte.

Acabadas de pronunciar esas palabras, le hizo una seña a su amiga para que callara.

—Ya se fueron…

Se acercó a Bashira, la abrazó fuerte y la retuvo entre sus brazos. En ese momento, Andrés empujó la puerta y entró. Ambos se separaron con brusquedad.

—Tranquilos. Aquí no tienen que disimular. Ya me dijiste ayer que son amantes.

Bashira no reaccionó ante tal afirmación absurda, pero sintió cómo el escritor le apretaba la mano, como pidiendo su complicidad.

Andrés sonrió con malicia y afirmó.

—Además, han visto que no nos sobra espacio. Eso nos ahorra un rancho y una cama. Ordené que les traigan otro catre más grande.

José Daniel, por su parte, endureció sus facciones y en tono enérgico demandó:

—Comandante, quiero que adviertas a tus hombres que esta es mi mujer y se le debe respeto como tal. ¿Quedó claro?

—Eso ya está ordenado.

En ese momento, ella comprendió por qué su amigo tramó aquella historia de que eran amantes. José Daniel hizo un guiño de ojo al paramilitar, que este enseguida interpretó; ya iba a salir cuando Bashira, incapaz de soportar la situación tan embarazosa, subió el tono de voz:

—En realidad, deseo que los dos me dejen sola, necesito descansar.

—Este no es un resort ni estas son sus vacaciones, señora. Usted se debe a su marido, tenga eso bien claro —luego, dirigiéndose al escritor, le sugirió— Debes ponerle riendas a tu hembra para que no dé problemas.

José Daniel la atrajo por los cabellos y la besó en la boca. Aunque, ella mantuvo la boca cerrada, él la apretó con tal fuerza, que casi no podía respirar, sintió su cuerpo rígido y palpitante. Entendía que era parte de una estrategia que no comprendía del todo, pero aquello la incomodaba. Por suerte Andrés salió de la choza enseguida.

Ella respiró hondo varias veces, intentaba serenarse sin conseguirlo; llena de rabia, lo sacudió por un brazo y le preguntó.

—¿Qué es lo que pasa? ¿Por qué razón te has comportado así?

Sus preguntas quedaron sin respuesta, en ese momento dos hombres entraron con un enorme catre, lo colocaron junto a José Daniel y retiraron el pequeño.

—Estoy esperando que contestes mis preguntas.

—¿Aún no has entendido la situación de peligro en la que te encuentras?

—Seré una tarada, pues lo que veo es tu majadería.

—Te lo voy a explicar para que lo entiendas. Llevó dos meses de convivir con estos hombres y cuando ellos traen una mujer, escúchame bien para que te quede claro, es del jefe; él la usa primero. Cuando se aburre, se la va pasando a cada uno de sus hombres y después la matan para que no cuente lo que pasó. ¡No te imaginas lo despiadados que son!

José Daniel exageraba, con la intención de que su amiga fuera prudente y no le ocasionara problemas. No vio nada de eso en el campamento; sin embargo, su amiga no se caracterizaba por la prudencia y debía levantar una barrera.

El rostro de Bashira reflejaba desconcierto. Esto hizo que sintiera algo de compasión, no obstante, continuó siendo brutal en sus afirmaciones. Ella lo interrumpió.

—¿No estarás diciendo todo esto para aprovecharte de la situación?

—Espero que no te ofendas, pero puedes estar tranquila, no eres mi tipo.

—¿Y eso a los hombres qué rayos les importa?

—No soy un hombre común y lo sabes, además, sigo enamorado de mi esposa.

—¿Acaso no estás divorciado?

—Ella se divorció de mí, yo no de ella.

—¡Qué absurdo!

—Dejemos ese tema a un lado, el que hayas venido demuestra que no tienes sentido común. Sin embargo, haz acopio de toda tu inteligencia para sobrevivir aquí.

La lluvia arreció hasta convertirse en un diluvio. El frío era insoportable y los mosquitos picaban sin cesar; el agua entraba por la puerta del rancho y José Daniel hacía esfuerzos por contenerla con una lona.

Bashira abrió la puerta y salió a ver el campamento, tratando de encontrarse con alguna mujer. Le gustó escuchar el canto de las aves, la selva era embrujadora y la hacía olvidar su situación.

Andrés se acercó sin hacer ruido y le pidió que no se alejara, pues los caminos de acceso tenían trampas que solo ellos conocían. La llevó con una mujer de aspecto agradable, quien le entregó un plato de comida. Ella se sorprendió, pues no esperó que la comida tuviera buen aspecto, ni que fuera tan abundante. En el plato humeaba el arroz, los frijoles de lata, un puñado de vegetales y una enorme porción de pollo, junto a un tazón de café negro. En ese momento, el aroma le hizo recordar que no comía desde el desayuno. Devoró los alimentos en poco tiempo. La mujer se sentó a su lado y le preguntó si quería más. Ella le agradeció, le dijo que no. Su acompañante le extendió una lata de Coca Cola; estaba a temperatura ambiente. Se la tomó despacio y la saboreó con deleite.

No lejos de ahí, en un cobertizo, Andrés comía con buenos modales y eso extrañó mucho a Bashira, quien lo consideraba un hombre rudo y sin educación. Cuando él terminó de comer, expresó que quería hablar con todos, y alzando el tono de la voz dijo.

—Muchachos, quiero reiterarles que tengan presente que la señora que nos acompaña es la mujer del escritor, no quiero que la miren siquiera. Esa es propiedad privada, o como diría yo mismo: no existe. ¿Entendieron?

Bashira se sintió avergonzada. El patán la trataba como a un objeto, una mercancía. Pero haciendo acopio de su buen juicio, permaneció en silencio. José Daniel apareció y se veía complacido, la embarazosa situación parecía divertirlo y eso la enfurecía. Además, era indignante que le hubiese dicho que no la encontraba atractiva; esa afirmación abonaba su malestar. Eso no lo dice un caballero y ella siempre pensó que él lo era. Movió la cabeza varias veces para desechar esos pensamientos. Ya buscaría la forma de hacerle tragar sus palabras.

CAPÍTULO 7

Berna y su esposo llegaron al periódico «Mercurio» y, sin anunciarse, entraron en la oficina del director del diario, quien revisaba el material de la entrevista del político más controversial del país, Se asustó mucho cuando observó los rostros de los visitantes.

—¿Qué sucede?

—Ruth regresó del Darién. Ella teme que Bashira haya sido retenida por la insurgencia.

—Cálmate y explícate mejor, Berna. ¿Quién es Ruth?

—Es mi secretaria. Ella acompañó a Bashira al Darién.

—¿Y por qué no la esperó?

—Ella le dijo que si pasaban tres días y no regresaba, volviera a Panamá. Aquí tengo las cartas que escribió antes de internarse en la selva.

—¿Se internó en la selva?

—Sí, eso fue lo que nos dijo Ruth.

—¿Está loca?

Cuando se trataba de un asunto concerniente a Bashira, Juan perdía la objetividad. Se sentía devastado al imaginar el sufrimiento de la mujer que amaba en silencio desde hacía varios años. A esas alturas y con el estado de ánimo de ella, había perdido la esperanza de confesarle sus sentimientos. «Una persona deprimida por la muerte de su único hijo y desilusionada por su relación anterior, jamás acepta un nuevo amor», pensaba.

—¿Ahora qué vamos a hacer? —preguntó Juan.

—En las cartas, dejó instrucciones para que diéramos parte a la Policía —respondió Berna.

El director de periódico se levantó y dio varias vueltas por la oficina. Berna se apoyó en la pared, paralizada por el miedo, con el rostro pálido, inexpresivo. Su esposo la abrazó y le expresó.

—No te preocupes, la encontraremos. Ahora no hay tiempo que perder, vayamos a la Policía.

Llegaron a la oficina de la Dirección de Investigación Judicial y el encargado de personas desaparecidas los atendió. Dos horas después, salieron de las oficinas del inspector. Este les dijo que nadie debería ir a ese lugar sin notificar primero a las autoridades; y que lo que desaparecen en la selva casi nunca se encuentran. Berna, desesperada, exigía que le encontraran antes de que fuera demasiado tarde. Su esposo y Juan intentaban, sin éxito, controlarla.

Mientras tanto, luego de otro día transcurrido en la selva, los rebeldes se retiraron a descansar y solo quedaron, Andrés, la mujer que sirvió la comida, José Daniel y Bashira. El insurgente se levantó y dándole una palmada en el hombro al escritor le dijo.

—Vayan a acostarse y disfruten su amor.

Bashira se mordió los labios para no mandarlo al infierno. El escritor la tomó de la mano y la condujo al rancho. Entraron y él cerró la puerta. Ella liberó su mano, lo empujó y mirándolo fieramente, preguntó.

—¿Dónde voy a dormir?

—En el catre hay suficiente espacio para los dos y por favor, no me vengas con tonterías que no estoy de humor; todo esto es por tu bien.

Lo miró desconcertada; su amigo ya no era el que ella admiró por su gentileza y amabilidad. Sin pronunciar palabra, se acostó al borde del camastro. La angustia contenida hizo explosión y comenzó a llorar. Sus hombros se estremecían como si la estuvieran sacudiendo.

José Daniel se acercó, le tomó una mano y le dijo.

—No llores —Ella le dio la espalda, pero él se acercó y le susurró al oído—. Estoy consciente de que esto ha sido un impacto fuerte para ti, sin embargo, pronto lo vas a entender. He vivido con ellos más de dos meses y los comprendo bien, no creas que son unos monstruos, son personas sencillas que luchan por un ideal.

Ella se dio la vuelta, mirándolo a los ojos.

—¿Estás loco, tienes idea de lo que estás diciendo? No respetan los derechos básicos, como la vida y la dignidad. Ellos son asesinos sin ideales, son escoria, matan a personas inocentes solo porque aducen, o creen, o suponen que son guerrilleros, o colaboran con los guerrilleros. ¡Pero son peores! ¡No me digas que ya te convencieron de que son miembros del grupo de niños cantores de Viena!

—No he dicho eso, tú siempre tan exagerada, además, he convivido con ellos y comprendo sus frustraciones, su odio, su rebeldía. Son gente que ha sido afectada por la acción de los guerrilleros de izquierda.

No deseaba discutir más, ya habría tiempo para hacer que él tomara conciencia de su error. De espaldas a su amigo, se dispuso a dormir. Él apagó una vela que era la única fuente de luz en esas tinieblas y en unos minutos se quedó dormido.

A la mañana siguiente, mientras desayunaban, José Daniel comentó que la periodista no estaba de acuerdo con los métodos violentos que ellos usaban. El jefe revolucionario se acercó y le explicó.

—Lo nuestro es violencia reactiva. Es aquella forma que utilizamos para hacerle frente a las amenazas a nuestras vidas, en defensa de la dignidad como personas y de nuestras propiedades. Tratamos de preservar la vida y no que prevalezca la muerte. Procuramos no producir daño ni destruir si no lo hacen primero con nosotros. Solo nos defendemos.

Andrés interrumpió su explicación y observó a José Daniel que reflejaba agrado al escuchar su perorata. Le sonrió y continuó con un guion bien aprendido, alzando el tono de su voz.

—La violencia vengativa es una de las formas más destacadas de violencia reactiva, en la que se evita el perjuicio que nos amenaza y, por lo tanto, nos sirve para preservar la función biológica de la supervivencia. Esto se encuentra tanto en las comunidades primitivas como en las civilizadas. Ante una ofensa, un agravio a la dignidad o ante la imposibilidad de obtener lo que se desea, reaccionamos ante el daño con una acción cargada de odio. Es el mismo principio de «ojo por ojo y diente por diente». Entre las clases marginadas de cualquier tipo de sociedad, que se sienten golpeadas y su reacción natural es actuar con una insólita y agresiva violencia. Esto explica las grandes rebeliones de los obreros, campesinos y estudiantes ante el hecho de sentirse desplazados, ignorados y traicionados. Es una clase de reacción que carece de racionalidad y madurez, donde la venganza se considera la única vía para reparar los daños y las injurias. También encontramos a los que toman venganzas porque perjudicaron sus ilícitos negocios. Esta es mucho más despiadada porque pretende dejar un mensaje de escarmiento: Si nos robas, te mueres.

Andrés explicó que esa era la ley de la selva y les contó que el sábado anterior a media noche, ocho narcotraficantes de la guerrilla quemaron una aldea indígena. Solo dejaron un sobreviviente malherido y le advirtieron que cada vez que les robaran su mercancía, tomarían represalias y no dejarían piedra sobre piedra. Los asaltantes dispararon a los adultos en la nuca, a las mujeres y a los niños en la cabeza. El grado de crueldad fue mucho mayor, esta vez porque un líder indígena estuvo involucrado en el tumbe de la droga. No perdonan a quien les roba.

—Algunos indígenas han visto en el negocio de las drogas su oportunidad de salir de la pobreza. Lo malo de todo esto es que terminan asesinados y también sus familias.

La periodista escuchaba estupefacta las explicaciones de Andrés, comprendiendo que subestimaba su preparación. El jefe prosiguió.

—Lo más peligroso es que la persona desengañada también puede empezar a odiar la vida. De allí, se genera el cinismo y el escepticismo destructivo que culmina en desesperación. Al lado de este tipo de violencia, se destaca la compensadora: derivada de la impotencia y que induce a destruir en vez de crear o edificar. En fin, las acciones del hombre pueden ser calificadas de violentas, en la medida que trasciende la existencia corriente de la vida.

José Daniel se acercó a su amiga, tomó una de sus manos entre la suyas y le murmuró al oído.

—Pronto tú también te unirás a sus creencias.

Andrés los miró, bajó su tono de voz para obligarlos a ponerle atención y siguió su razonamiento.

—No es tarea fácil determinar el origen y las raíces de nuestra forma de actuar. Se han analizado las áreas sociales y psicológicas del entramado de la existencia humana. Deben tomarse en cuenta diversos factores para entender las raíces de la violencia. Una posición honesta frente a este fenómeno humano nos mostrará, con claridad, que se trata de un hecho que no excluye a ninguna clase social, nacionalidad o etnia. Y esto señora, no lo digo yo, sino Erich Fromm.

Su discurso desconcertó a Bashira, quien se levantó despacio, dio varios pasos y se acercó a Andrés.

—Si piensas que con tu arenga memorizada me conmoverás, estás equivocado. No creo en la honestidad de tu discurso. La violencia es violencia dondequiera que vayas y matar es matar, no importa el motivo. La religión considera este pecado como uno de los peores.

José Daniel escuchó sorprendido que su amiga tuteaba al paramilitar y le hizo la observación. Andrés hizo un ligero movimiento con las manos, para indicar que eso no tenía importancia. Ella, incómoda por la observación, prosiguió.

—No creas que soy una puritana ni mucho menos una beata. Soy una mujer que llama las cosas por su nombre y la violencia es un crimen de lesa humanidad y con eufemismos no vamos a cambiar sus consecuencias.

Andrés se levantó y la mujer lo miró de arriba abajo. Tenía que reconocer que era un hombre cautivador; sin embargo, lo que más le impresionaba eran sus enormes ojos negros y, para colmo, ahora se daba cuenta de que era un hombre instruido. Andrés se acercó despacio, tanto que ella sintió su aliento. José Daniel tensó los músculos de su cara. No deseaba que el hombre se sintiera atraído por su amiga.

—Bashira —era la primera vez que la llamaba por su nombre—. Quiero que sepa, mi honorable señora, que si hablamos de religión encontraremos los ejemplos más representativos de la violencia.

—Cuando te hablé de religión me refería al Nuevo Testamento —afirmó Bashira.

—Religión es religión dondequiera que vayas, como dices; pero si hablamos del Nuevo Testamento, te recordaré que cuando Jesús encontró a los mercaderes haciendo negocio en la casa de su Padre, el príncipe de la paz optó por la violencia y látigo en mano los echó. Además, arrojó sin piedad todos los cachivaches de quienes habían profanado el Templo de Dios.

Ante ese argumento, Bashira no supo qué decir y Andrés continuó.

—Estudié en el colegio San Ignacio, regentado por sacerdotes jesuitas, la mayoría de ellos eran Opus Dei. Fui formado en las enseñanzas de San Josemaría Escrivá: Vida ordinaria, santidad del trabajo, oración y mortificación, caridad, apostolado y unidad de vida…

Ella le notó un tono sarcástico cuando mencionó a Escrivá; sin embargo, no hizo comentarios. El comandante explicó que quien practica estas enseñanzas no tiene una doble vida, por el contrario, tiene una unidad de vida, una unión profunda con Jesucristo, Dios perfecto y Hombre perfecto, una persona en que la divinidad se une con la vida ordinaria. Así, el trabajo de un verdadero cristiano se transforma en trabajo de Dios, Opus Dei. Ese cristiano, a pesar de los defectos que erradica con humildad, es otro Cristo con el compromiso de celibato y al servicio de la obra de Dios.

—Pero, todo era un gran fraude. Ellos pretendían formar líderes en el servicio, que asumieran posiciones competentes y responsables en la sociedad con oscuros objetivos. Recuerdo que en el año de mi graduación, establecieron el Programa por la Paz, por iniciativa del Padre General, Peter-Hans Kolvenbach, quien aprobó que el dinero recibido del Gobierno por la venta de la famosa custodia colonial conocida como «La Lechuga», fuera destinado para contribuir en el logro de la paz en nuestro país. Nació no como una obra más de la Compañía, sino como respuesta institucional de los jesuitas colombianos. Todos esos proyectos los cobijé lleno de ilusiones, pero la vida me enfrentó a la realidad y aquí estoy: desilusionado, asqueado —reafirmó Andrés, subiendo el tono de su voz.

—¿Es decir que te graduaste de secundaria? —acotó Bashira.

—Sí, pero además poseo el título de doctor en Ciencias, por Résidences Université du Québec.

Eso era lo último que le faltaba por escuchar a Bashira, quien presa del asombro, miró a José Daniel, como pidiéndole una explicación. Su amigo asintió y le hizo un ligero gesto con las cejas. Ella repitió las palabras, dándose tiempo para reflexionar. «Graduado de doctor en Ciencias, increíble».

Recuperada de la impresión, preguntó.

—No entiendo nada. ¿Cómo es que un egresado de tan prestigiosa universidad incursiona en la lucha armada guerrillera?

—Otro error más; no somos guerrilleros, todo lo contrario, los combatimos a sangre y fuego —respondió Andrés—. Lo que pasa es que tú asumes sin preguntar y por esa razón estás tan confundida.

—No lo sabía, pero para mí son casi lo mismo, ¿o no?

—Claro que no. Somos revolucionarios.

Bashira recordó que en realidad el término con el que se les conocía era «paramilitares».

—¿Y qué? La violencia los caracteriza.

—No lo niego, toda revolución por su origen de cambio es sinónimo de violencia, ya que para sobrevivir tenemos que expresar nuestros más bajos instintos y esto lo refleja la crueldad y el sadismo de muchas de nuestras actuaciones, pero a pesar de los defectos que podamos tener, hay una cualidad que nos diferencia de los demás grupos insurgentes: la lealtad. Cuando uno de nosotros es abatido, el otro lo acompaña, con valor, hasta la muerte y nunca lo abandona a su suerte. Que le quede claro que tanto el gobierno, como la guerrilla luchan por el poder y las víctimas siempre son los de abajo: campesinos, indígenas, obreros y marginados, quienes serán en esta historia de guerra los peores librados. Sí, señora, el precio de este desastre siempre lo pagan los pobres; es una deuda que no han contraído y cuyo beneficio será adjudicado a los de arriba.

Andrés hizo una pausa, guardó silencio, que todos respetaron. Tomó dos sorbos de agua y continuó:

—Yo acababa de regresar graduado de Canadá, estaba lleno de ilusiones y proyectos. Una de las universidades más prestigiosas de Colombia me solicitó la hoja de vida, pues tenía una plaza de profesor. Pero, después de ocurrida la desgracia, mi mundo quedó reducido a cenizas. El único sentimiento que me mantenía vivo era el odio. Sí, señora mía, ese día mi corazón explotó y en su lugar quedó un volcán que hace erupción todos los días. Cada vez que mato a un desgraciado de esos, me siento feliz.

La periodista no tenía idea de lo que estaba hablando, ni de la causa que provocaba ese odio en un profesional lleno de proyectos. Entonces, preguntó:

—¿Cómo es posible que un hombre tan inteligente como tú, se haya involucrado en una lucha tan absurda?

—Hace seis años un grupo de guerrilleros secuestró a mi único hermano. Rafael solo contaba con doce años, era casi un niño y para convencer a mi padre de que pagara la cantidad por ellos requerida, torturaron a Rafa y le enviaron las fotografías. Mi madre obligó a mi padre a pagar el rescate de doscientos mil dólares y esos asesinos, después de cobrarlo, lo ultimaron y nos lo devolvieron en una caja.

Ella, conmovida por la historia de Andrés, quiso darle un giro a la conversación y le preguntó si todavía era Opus Dei. Él negó con la cabeza y dijo que solo era un hombre amargado que perdió su corazón en la contienda. Luego continuó con su relato, pleno en detalles sangrientos. Bashira abría y cerraba los ojos en señal de desesperación, no deseaba escuchar una historia tan horrible. Cuando él interrumpió su relato, pasó sus manos por la cara para limpiar el llanto, y ella se sintió conmovida. Otra vez, se equivocaba al juzgar al jefe revolucionario.

Al terminar su exposición, Andrés se sentó frente a José Daniel, quien se levantó y lo abrazó. Bashira no sabía qué hacer. En ese momento una idea pasó por su mente: ¿quién le garantizaba que la historia fuera cierta? ¿Lo haría con el fin de que ellos aprobaran su proceder? Su amigo continuaba consolándolo y eso la hizo recordar que, en una ocasión, una psicóloga le habló del síndrome de Estocolmo. Le contó que en la medida en que se prolonga un secuestro, se genera una dinámica fuerte entre víctimas y victimarios, desarrollándose una relación afectiva, que puede llegar hasta amores fervientes o una militancia ideológica, como en el caso de Patricia Hearst.

Andrés se despidió y dijo que haría un reconocimiento de la zona con sus hombres. Bashira aprovechó la oportunidad para hablar con José Daniel en privado y explicarle sus sospechas. Le comentó el tema del síndrome de Estocolmo. Él escuchó con estupor las afirmaciones categóricas de su amiga y no la interrumpió para ver hasta dónde llegaba.

—Estás perdiendo el tiempo en convencerme de algo tan absurdo. Serías una magnífica novelista —luego, la atrajo con fuerza y la besó en los cabellos.

Bashira se apartó, mirándolo a los ojos, y le respondió:

—Lamento mucho que no entiendas, pero he comprendido que fue un error arriesgarme para rescatarte.

—¡Todavía sigues pensando que eres una diosa con todos los poderes! Reitero, que si me tuvieran secuestrado, necesitarías un ejército para rescatarme.

—Si no estás secuestrado, demuéstramelo y regresemos ahora mismo a Panamá.

—Estoy haciendo un trabajo y no me iré hasta concluirlo. No obstante, tú te puedes ir de vuelta cuando gustes, hablaré con Andrés para que mañana mismo regreses.

—Está bien, me iré cuanto antes.

CAPÍTULO 8

Bashira deseaba reanudar la conversación con el paramilitar sobre el asunto del terrorismo. La forma de pensar de ese hombre la inquietaba hasta hacerle perder la compostura. Lo buscó por varios minutos hasta que lo encontró conversando con Gloria, la señora que le había dado la cena. Se acercó y así de sopetón le preguntó.

—¿Quisiera saber qué piensas de los actos de terrorismo del 11 de septiembre de 2001? Sí, me refiero al ataque terrorista a las Torres Gemelas.

En ese momento, José Daniel se acercó a ellos. Andrés no respondió enseguida y ella creyó haberlo sorprendido. Por su mente pasaron escenas de las víctimas del atentado y sus gritos llenos de espanto. Ese día se inició otra era, la de la desconfianza, la de la vulnerabilidad, la de la muerte a mansalva de personas inocentes: la violencia extrema. Andrés se levantó despacio, se colocó frente a Bashira y contestó.

—No me digas que crees toda esa basura. El 11 de septiembre de 2001 fue el comienzo del siglo XXI. Se inició un nuevo tipo de guerra mundial entre las corporaciones financieras internacionales. Estas disputas giran en torno al dominio de áreas estratégicas en materia de energía, particularmente el petróleo e intereses económicos, y el escenario de esos intereses es nada menos que el territorio de Afganistán. Eso no es más que un enfrentamiento intercorporativo, financiero, económico y global.

Hay investigaciones que demuestran extrañas operaciones bursátiles efectuadas días antes de los ataques.

Los argumentos de Andrés la desconcertaron, a pesar de su confusión, reconocía que sus deducciones eran coherentes y ella no sabía cómo rebatirlo. Él continuó al observar que ella guardaba silencio.

—Debemos considerar algunas consecuencias en los atentados del 11 de septiembre. La primera fue la eliminación del mito de que Estados Unidos era invulnerable. Quedó demostrado que es inútil cualquier estrategia defensiva, pues los terroristas fueron capaces de desarrollar técnicas suicidas, usando a los aviones como misiles. Esta, mi querida señora, no es una guerra entre el bien y el mal, como la ha querido hacer creer la primera potencia mundial, sino una guerra económica. De la guerra entre ejércitos hemos pasado a la guerra contra civiles indefensos.

José Daniel se veía complacido y esto la enojó mucho. Volviendo al ataque, le preguntó a Andrés sobre el terrorismo con armas bacteriológicas.

—¿Te refieres al ántrax?

—Sí, a eso me refiero.

El jefe del comando levantó la voz, sintiéndose dueño de la situación y aunque la señora «sabelotodo» trataba de tenderle una trampa, le daría el jaque mate.

—Especialistas de los mercados internacionales de los medicamentos sospechan que algunas de las industrias farmacéuticas que pertenecen a la familia de Bin Laden deseaban competir con Bayer, siempre y cuando el gobierno de Estados Unidos liberara la patente de la medicina indicada para el ántrax. ¿Te das cuenta de que en el fondo es el sucio dinero el que mueve todos los cables? Los políticos son títeres manejados por el poder económico.

Bashira tuvo que reconocer que Andrés la había derrotado y lo peor de todo era que ese hombre hacía que ella cambiara su perspectiva de ese fatídico día. En silencio abandonó la reunión. Sus pensamientos fluían a una velocidad vertiginosa. El insurgente era un intelectual convertido por la fatalidad en un ser rencoroso, vengativo, y debía ayudarlo a salir de ese círculo de odio.

Entre la venganza y el perdón hay un largo camino. En ese recorrido es imprescindible que encontremos la justicia como válvula de escape, pues la impunidad es la que alimenta sentimientos de odio, de venganza. Nunca pensó que elevaría una plegaria para pedir por un revolucionario como Andrés.

José Daniel la siguió de cerca y cuando ella se volteó, él le hizo una seña para que se detuviera. El rostro de su amiga reflejaba un inmenso desconsuelo y mucho cansancio, por lo que le pidió que se recostaran. Ella aceptó y entró al rancho. José Daniel le dijo que deseaba llevarla a conocer un lugar que estaba cerca del campamento: ciertas estructuras antiguas que algunos creían que eran del tiempo de la colonización escocesa en Darién, o bien eran parte de las estructuras que se usaron para la explotación de las famosas minas de Cana, correspondientes a finales del siglo XVII o principios del siglo XVIII. Le dijo que eran restos de muros casi tragados por la vegetación, pero que revelaban un pasado rico en historias. Él le explicó que Darién fue un territorio codiciado, por sus riquezas y porque fue el lugar escogido inicialmente para buscar un paso entre los dos mares.

A la mañana siguiente, acompañados por varios hombres de Andrés, emprendieron la caminata. Bashira se sentía feliz como los niños durante una excursión. Al llegar al lugar, ella tomó varias fotografías de los muros ocultos casi por completo, conversaron por varios minutos y los dos amigos recordaron la historia. Luego de un breve descanso regresaron al campamento.

Dos horas después, llegó Andrés agitado. Sostenía la AK- 47 en sus manos. Cuando Bashira le preguntó el motivo de su actitud, él le respondió que estaban rodeados por los guerrilleros.

José Daniel tomó entre sus manos un fusil y se acomodó cerca de la trinchera que rodeaba al campamento. El paramilitar sonrió al ver el rostro de espanto de la mujer, se alejó rápido, mientras daba instrucciones a sus hombres. Ya era de noche y el enemigo aguardaría el amparo de las sombras para atacarlos. En efecto, pronto comenzaron a oírse los disparos y algunos gritos amenazantes entre la espesura. La resistencia era mínima, pues el estado de ánimo de los hombres, no era óptimo, debido a que en momentos de tensión se produce una gran fatiga física y moral. De pronto, se escuchó el grito de Andrés animándolos.

—Muchachos, no se dejen vencer, vamos a demostrarles a estos cobardes que se están enfrentando a hombres de verdad. Ellos son valientes con los niños, las mujeres y los ancianos, pero con nosotros no tendrán otro remedio que huir si quieren salvar sus miserables vidas.

En ese momento, desde el campamento se realizaron varios disparos de mortero en dirección a los atacantes, lo que al parecer hizo efecto, pues enseguida bajó la intensidad de los disparos. Entre una atmósfera de humo y de muerte, renació la esperanza de los desanimados, quienes vieron cómo se les sumaban los combatientes que a esas horas regresaban de un patrullaje, justo a tiempo para defender el campamento. Los guerrilleros comenzaron a replegarse al notar que estaban en desventaja y perdían a varios de los suyos en la lucha.

Bashira, presa del terror, se internó en la selva, corriendo en dirección contraria a los disparos. No era miedo a la muerte, sino terror a morir en medio de la nada y no descansar eternamente al lado de su hijo. Caía, se levantaba y emprendía de nuevo la marcha. De repente, tendida entre la maleza, escuchó una voz conocida que la llamaba, su miedo era tan inmenso que no le permitía entender lo que decía. Sus fuerzas la abandonaron y volvió a caer. Fue entonces cuando se volteó y vio a su hijo. Estaba vestido igual que la noche en que lo asesinaron. El miedo la abandonó. Arturo se acercó y le dio la mano para que se levantara.

—¡Tú estás muerto! ¿Qué haces aquí?

—Vengo a rescatarte, así como aquella noche tú fuiste por mí.

—Pero estás muerto.

—La muerte no existe. Estoy en otra dimensión. Recuerda que me decías, una y otra vez, que el amor no se muda y que es capaz de viajar a miles de kilómetros, incluso a otras dimensiones, para reencontrarse con las personas amadas. Aquí estoy, mamá. Te guiaré donde está tu amigo, José Daniel.

—¿Conoces a José Daniel?

—Claro que lo conozco, leí cuatro de sus libros, es más, en una de sus presentaciones en la universidad, me firmó uno.

Ella pensaba que todo era producto de un delirio. ¿Cómo era posible que estuviera conversando con su hijo muerto, en medio de la selva?

—Mami, vamos que se hace tarde.

—Hijo, llévame contigo. Quiero descansar a tu lado.

—Te estaré esperando del Otro Lado cuando llegue tu hora. Todavía tienes mucho que aportar. Quiero que procures ser feliz. Me gusta José Daniel para ti. Me alegra mucho que te divorciaras de mi padre. Él fue el culpable y yo pagué el precio de sus sucios negocios.

—No quiero separarme de ti.

—Lo harás. Ven, te dejaré a unos pasos del campamento.

De entre los matorrales apareció Rufino. Venía descalzo, con el pantalón recogido a la altura de las rodillas, cubierta, las piernas de lodo, con el rostro pálido y la mirada perdida.

—¡Qué pasa! —exclamó Andrés.

—Mataron a Pedro.

Andrés no dijo una sola palabra. En ese momento llegó José Daniel y preguntó si no quedaban atacantes en los alrededores. Uno de los hombres le contestó que no, que todos fueron obligados a retirarse. En ese instante, el escritor miró a Andrés, la indiferencia glacial que reflejaba el rostro de su amigo lo confundió, guardó silencio por varios minutos. En el tiempo de convivencia logró entender los sentimientos de odio y frustración que lo orillaron a comportarse de esa forma. Uno de los hombres le explicó la forma en que habían matado a Pedro. José Daniel se acercó, le dio una palmada en el hombro y dijo en tono grave.

—Estas son las consecuencias de la guerra. Es una lucha desigual e interminable y no sé hasta cuándo podrás soportarla.

Pedro era el segundo en mando, un hombre de veintiocho años, ingeniero civil, que se unió al grupo después del asesinato de su padre por los guerrilleros.

Andrés movió la cabeza de un lado a otro como para liberarse de esos pensamientos que lo torturaban. El escritor reflexionó: «Solo el odio puede explicar ese inconcebible desprecio por la vida».

Uno a uno todos los hombres se encaminaron al campamento donde fueron recibidos con algarabía, unos vitoreaban y otros lamentaban las bajas sufridas.

Cuando José Daniel averiguó por el paradero de su amiga, uno de los hombres le dijo que la vio correr e internarse en la selva al inicio del ataque guerrillero. Entraron a la espesura de inmediato, pero tuvieron que suspenderla porque la noche hacía imposible la tarea. Al volver al campamento vieron a Bashira, sentada en el suelo con la mirada perdida, ausente. Gloria la remecía por los hombros varias veces para que reaccionara.

—¿Cómo volviste al campamento? —preguntó el comandante.

—Me trajo Arturo.

—¿Quién es Arturo?

—Mi hijo.

El escritor se acercó y la abrazó, pero ella seguía ausente.

—Es lo único que dice, que su hijo la trajo al campamento —explicaba Gloria.

—Es imposible, su hijo está muerto —acotó José Daniel.

Ella se levantó y mirándolo directo a los ojos, le explicó cómo vagaba por la selva hasta caer cerca de un arroyuelo. Allí la encontró su hijo, quien la guio hasta el campamento.

—Está delirando —afirmó Gloria, mientras le tocaba la frente para ver si tenía fiebre—. Pero no está afiebrada, no sé qué le pasa.

—No me pasa nada, hablé con mi hijo y me he liberado del sufrimiento que tanto me agobiaba.

José Daniel observó la serenidad que reflejaba aquel rostro, antes contraído, endurecido por la amargura de una pérdida irremediable. Ahora apacible, recuperaba la belleza de antes de la tragedia.

—Dejemos que descanse, ella nos contará después cómo logró llegar al campamento —propuso el escritor.

—Me trajo mi hijo y él siempre cuidará de mí. Su amor siempre me acompañará y ese sentimiento trasciende las dimensiones —reiteró ella.

Gloria curó a los heridos aplicando sus conocimientos. Alguna vez fue una eficiente enfermera al servicio del Estado colombiano, pero cierta vez el autobús en que viajaba por una carretera rural, luego de una acción médica, fue atacado por los guerrilleros, que buscaban a militares o a personas acaudaladas que pudiera pagar un rescate. Ella rodó por una pendiente al volcarse el vehículo y pudo arrastrarse entre la maleza hasta ponerse a salvo. Los paramilitares la encontraron vagando por la selva al día siguiente, con un tobillo luxado y deshidratada, y la condujeron a su campamento. Tardó varios días en recuperarse, Andrés le dijo que la podían ayudar para que llegara al pueblo más cercano, pero ella se negó. En un periódico vio que se le presumía como muerta en el ataque y posterior incendio del autobús, y recordó las constantes peleas con su marido, quien de seguro estaría feliz por su desaparición y buscando la forma de cobrar el seguro. Gracias a Dios no tenía hijos, ni familiares próximos, por lo que nada la ataba a ese hombre ni a su vida anterior. Prefirió no volver y, en cambio, colaborar con los que le salvaron la vida, quienes bastante necesidad tenían de sus servicios.

Gloria tenía poco más de treinta años, atractiva, de cabellos rojizos, cortados a la moda, alta, de piel canela y ojos negros. A Bashira le simpatizó desde el principio y pensó hablar con ella detenidamente, pues tenía la impresión de que se enteraría de algunas situaciones que solo las mujeres observan.

Después del encuentro con su hijo, Bashira se sentía tranquila. Se sentó bajo un cobertizo de pencas en compañía de los insurgentes y tomó una taza de té. Poco después, José Daniel se le acercó y le pidió que se fueran a descansar. Ella lo siguió en silencio y se acostó.

Él sugirió que se quitara la ropa mojada, pues se podía enfermar, pero ella le respondió que no tenía con qué cambiarse, que durante el ataque sus pertenencias desaparecieron.

—Si duermes con esa ropa sucia y húmeda, la pulmonía no será tan generosa como fue la selva esta noche. Quítate la ropa, la tiendes afuera y te cubres con la manta.

Lo hizo a regañadientes; él salió a poner la ropa al aire y, cuando regresó, la encontró arropada de pies a cabeza. Hacía un frío insoportable, y la gruesa frazada era incapaz de mitigarlo; temblaba sin control. Él le dijo al oído.

—Voy a acercarme para darte calor.

Bashira se quedó inmóvil como una estatua. Él pegó su cuerpo al de ella.

—Disculpa, también tuve que dejar mi ropa secándose afuera.

Miles de imágenes acudieron a su mente, pero no se atrevió a decirle que se alejara. A pesar de tantos pensamientos confusos, le agradaba sentir el contacto del cuerpo cálido de ese hombre. Trató de alejar de su mente esos pensamientos inquietantes y poco a poco se fue quedando dormida presa del agotamiento.

Al despertar, con las primeras luces del día, se dio cuenta de que estaba recostada a José Daniel. Él, en tono de broma, le dijo.

—No te preocupes, soy inofensivo. Tu ropa está seca, por lo menos.

Se vistió, presa de una sensación de ansiedad que le oprimía el pecho. Fue hasta donde se encontraba Gloria, quien la saludó con mucho afecto y esto la animó a entablar conversación. Fue directa, como tenía por costumbre.

—No entiendo por qué razón permanece en este lugar tan inhóspito.

Gloria levantó la mirada y sonriendo contestó.

—Tal vez sea por la misma razón que usted vino a buscar al escritor.

—Yo lo vine a buscar porque es mi amigo y no mi marido, cómo él dijo.

—No te disgustes, mujer, que estamos solas. Además, ¿a quién pretendes engañar?

—No sé a qué se refiere.

—Voy a ser clara contigo, las mujeres solo cometemos locuras por amor.

—No entiendo.

—No te hagas la tonta, estás enamorada del escritor.

—¿Yo?

—Sí, tú, como yo de Andrés, y lo peor de todo es que ninguna de las dos tenemos la suficiente valentía para confesarlo.

—No hables por mí, no estoy enamorada de él.

—¿Si quieres seguir engañándote?, allá tú.

Sujetó a Gloria por un brazo, exigiéndole.

—Necesito hablar contigo. Me puedes explicar algo que no alcanzo a entender. ¿Es cierta la historia que cuenta Andrés?

—¿Qué historia? ¿La de su ingreso a la lucha?

—Sí, esa, y esos discursos tan aprendidos que tiene.

—Todo es cierto. Aquí se dice que su familia es rica, que fue profesor universitario; que después del secuestro del hermano, su madre enfermó de una depresión fuerte que la llevó a suicidarse y como si fuera poco, meses después su novia lo dejó y se casó con otro. Terminó enrolándose en el paramilitarismo con el fin de cazar uno a uno a todos los que participaron en el secuestro de su hermano.

Conmovida por la manera tan sentida en que le contaban la historia, sujetó por los hombros a Gloria. Aquel sentimiento de dolor era auténtico. Luego, siguieron conversando de otros temas.

—¿No extrañas tu hogar, Gloria? ¿No estás triste?

—Para nada, todos los días le doy gracias a Dios por permitirme sobrevivir al ataque y llegar a este lugar. De no ser así, quizás no hubiera sido capaz de romper el cerco de rutina en que vivía, con un hombre que no me amaba ni me apreciaba siquiera. Ahora creo que nunca lo quise; que un día nos fuimos a vivir juntos por soledad, para tener un hogar, pero eso no fue un vínculo firme, una unión, ni siquiera tuvimos hijos.

Bashira en su afán de componerle la vida a todo el mundo, le dijo.

—¿Por qué no le confiesas tu amor a Andrés?

—¿Y por qué no lo haces tú con José Daniel?

No contestó, era inútil tratar de convencer a Gloria de su equivocación, pero una idea pasó por su mente, ¿y si fuera cierto? De inmediato la desechó por absurda. En ese momento aparecieron varios hombres con Andrés y José Daniel, y Gloria fue a atender la distribución de la comida. Los dos hombres se le acercaron, venían discutiendo por algo.

—Bashira, hoy regresas a la ciudad de Panamá —indicó el escritor.

—¡No lo permitiré! —reprochó Andrés.

José Daniel agitó los brazos, disgustado.

—Ella se va y es mejor que no se lo impidas, porque si lo haces, yo también regreso y tus memorias se van a la mierda.

Ambos hombres quedaron frente a frente.

—¿Piensas que esto es un resort campestre? ¿Qué aquí se entra y se sale como de un hotel? Apenas salga de aquí, la Policía de Fronteras vendrá hasta este lugar.

—Ella jamás te traicionará. Si te delata, sabrá que firma mi sentencia de muerte.

Gloria, quien parecía divertida, se acercó y le murmuró al oído a la periodista.

—¿Ves? Eso se llama amor, amiga, poner la vida por el otro.

CAPÍTULO 9

A media tarde, Juan Aguilar se presentó a la oficina de David, dueño de una agencia de seguridad, que en ese momento entrenaba a un grupo de jóvenes. Eran amigos desde hacía diez años, cuando David era capitán de la Policía de Fronteras. Fue despedido por conducta violenta y abuso de autoridad.

—Tengo un grave problema y vine en busca de ayuda, pues no creo que la Policía le haya dado importancia a la denuncia de la desaparición de mi mejor periodista.

—¿De qué hablas?

—La jefa del departamento de Investigación del periódico fue al Darién en busca de un amigo escritor. Las evidencias señalan que ella también ha sido retenida contra su voluntad. Nos dejó una carta con instrucciones por si no regresaba.

—¿Y en qué puedo ayudar?

—Entiendo. Deseas que arme un equipo de búsqueda. ¿Ya tienes preparado un rescate? La primera opción es negociar.

—Tendré disponible el dinero cuando me digas.

Juan se retiró y unos minutos después de llegar a su oficina, recibió una llamada de Berna donde le avisaba que había enviado de vuelta a Ruth a Boca de Cupe, por si su amiga regresaba.

Andrés y José Daniel llegaron a un acuerdo: en tres o cuatro días, después de revisar el área, le permitirían a Bashira regresar a la ciudad. Los días fueron pasando y cada vez ella se identificaba más con los sentimientos del grupo. Escuchó historias conmovedoras y llegó a la conclusión de que «los muchachos», como los llamaba Andrés, eran admirables. Algunos eran de la edad de su hijo. No sabía si era el síndrome de Estocolmo, pero ya no le importaba, lo único que sabía era que los extrañaría cuando se fuera.

La tarde antes de la partida, Gloria preparó una pequeña fiesta de despedida. Los chicos de Andrés contaron sus historias personales, habían dejado a sus novias, esposa y madres para internarse en la selva y poner fin a los secuestros y crímenes de los guerrilleros.

Bashira se despidió de cada uno de ellos, estrechando sus manos y pidiéndoles que terminaran los enfrentamientos. De vez en cuando su mirada se encontraba con la de José Daniel que le sonreía con tristeza. El cambio en él era enorme y recordó la cortés distancia que siempre mantuvo hacia ella con anterioridad. Todavía no alcanzaba a comprender la razón por la cual ella lo buscó para la entrevista con Andrés. Finalizada la reunión, las estrellas iluminaban el campamento y eran testigos de una despedida inusitada. Él la tomó por el brazo y le dijo.

—No quiero que reveles que me encontraste, y bajo ninguna razón vuelvas a buscarme, eso puede poner en peligro mi vida. Solo a mi hermano le dices que estoy bien y le pides que guarde el secreto. Andrés me ha tratado bien, pero las tragedias que le ha tocado vivir, lo han amargado y ese rencor que lleva dentro lo hace un hombre peligroso. No importa el tiempo que pase, algún día regresaré.

Bashira, entre sollozos, le dijo.

—Si tú quieres, me quedo contigo.

—No; y ahora es mejor que regresemos al campamento para que descanses, mañana te espera un largo viaje.

Antes de retirarse, Bashira habló con el comandante, lo abrazó al despedirse y le dijo.

—Debes esforzarte en perdonar. Sé que has sufrido mucho, pero si continúas en esa cadena de odio, te vas a destruir. No vale la pena vivir ese infierno. Tu rencor solo te daña a ti y pudrirá tu corazón. Eres un hombre inteligente, con una vida por delante y estoy segura de que ni tu hermanito, ni tu madre desean un futuro tan desastroso como el que te estás forjando. Ellos fueron personas buenas, como tú mismo afirmas, y los estás haciendo penar. No digas que los asesinos deben pagar, pues al cobrarles sus crímenes, te conviertes en uno de ellos. No les des ese poder. Tienes que ubicarte más allá del odio. Reflexiona, pues estás a tiempo de formar una familia y ser feliz. Te lo deseo de todo corazón.

Él no contestó, sonrió y la besó en ambas manos. José Daniel los escuchó sin intervenir. Minutos después, ella se despidió y se encaminó a la choza. Se acostó sin pronunciar una sola palabra. Esa noche casi no durmió. Por esa razón, José Daniel tampoco lo hizo. «La verdad no comprendo a esta mujer. Las veces que me vio demostró indiferencia y ahora pretendía arriesgarse para permanecer a mi lado», pensó. Se estaba quedando dormido cuando escuchó un sollozo prolongado, abrió los ojos e impaciente preguntó.

—¿Ahora qué pasa?

—No quiero abandonarte.

—No me abandonas. Yo he decidido quedarme hasta terminar mi trabajo.

—Después del ataque de estos días, tengo miedo de que te maten.

—Eso no va a pasar, por favor, cálmate. ¿O es que hay otra razón?

—¿Y si la hubiera?

—Dímela.

—Deseo quedarme contigo, porque te amo.

Esa declaración lo dejó tan desconcertado que ella dudó de que la hubiese escuchado.

—Sí, te escuché, pero estoy seguro de que estás confundida y cuando llegues a Panamá te darás cuenta de que se trata de un delirio por las dificultades que has pasado en la selva. No se hable más del asunto, en unas horas te marchas.

No dijo más, pero en su interior ella se sintió liberada de ese peso que le oprimía el pecho. Pensó que se avergonzaría con la confesión, pero no fue así; al contrario, se sentía tranquila y honesta consigo misma. Nunca imaginó que hablaría con franqueza de sus sentimientos y quedaría tan serena. Tampoco esperó que él reaccionara de esa manera, aunque no era su intención que le correspondiera. No le interesaba iniciar una nueva relación, pues no quería complicaciones y percibía que la vida al lado de ese hombre, sería un completo desastre, ya que seguía enamorado de su exesposa.

Andrés se levantó temprano e invitó a José Daniel al patrullaje diario que realizaban. Este pareció dudar.

—Bashira se va hoy y deseo despedirla.

—Por esa misma razón te Invito. Es duro despedirse de la mujer que amas.

—¿La mujer qué amo?

—¿Acaso no es tu amante?

—Sí, lo es, pero no siempre uno se une por amor.

—¿Cuál fue la razón?

José Daniel comprendió la indiscreción cometida y quiso arreglarla.

—Bueno, al principio la amaba, pero después, no sé qué pasó.

—Ella es guapa, por lo menos te gusta.

—Sí, me gusta mucho, además en la mayoría de las relaciones uno ama y el otro se deja querer.

—Entonces ella te ama y tú te dejas querer.

—Más o menos.

—Decídete de una vez, te vienes conmigo o te quedas a despedir a tu mujer.

—Me voy contigo, tienes razón, las despedidas me deprimen.

Prepararon sus mochilas y partieron antes de que Bashira se levantara. Gloria los vio irse y enseguida fue al rancho para avisarle. Empujó la puerta y al entrar el ruido la despertó.

—¿Qué sucede?

—José Daniel se fue con Andrés y no estará aquí para despedirte.

—Es mejor así, no te preocupes.

—¿Acaso no te duele?

—Más me dolería verlo cuando me vaya. Además, anoche le confesé mi amor y hoy me siento arrepentida.

—No lo hagas, el amor es el sentimiento más noble que existe y nunca nos debemos avergonzar de sentirlo.

—No estoy avergonzada, sino molesta. Reaccionó con total indiferencia y me miró como si yo estuviera loca.

—¿Qué te respondió?

—Nada. Solo dijo que la selva me había hecho delirar.

—No le hagas caso, solo me he arrepentido por lo que no he hecho. Estoy segura de que actuaste de la manera correcta.

Apenas terminó de desayunar, tres hombres la acompañaron para llevarla al caserío donde conoció a Apolonio. Apenas lo tuvieron a la vista, se despidieron, indicándole que vigilarían desde esa colina para asegurarse de que llegaba bien, y le desearon suerte. Ella les correspondió con una sonrisa y desde el fondo de su corazón sintió una gran conmiseración por aquellas personas que deambulaban por la selva con un arma al hombro, sin saber por qué peleaban ni para qué.

Amanecía cuando David, Juan Aguilar y un grupo de sus mejores agentes salieron en un vuelo rumbo a Darién. Juan no le avisó a Berna de su plan, pues estaba seguro de que lo desaprobaría. Iniciando la tarde llegaron a Boca de Cupe, con la intención de partir al día siguiente rumbo a la selva.

Luego de que Bashira llegara al caserío y se encaminara a la pensión, la dueña le dijo que Ruth había regresado y que con un grupo de hombres se había internado en la selva para rescatarla. Esto la preocupó muchísimo y, temiendo lo peor, le dijo a Apolonio que fuera en busca del grupo. Le pidió que les dijera que ella los esperaba en Boca de Cupe.

Notó que la dueña de la pensión estaba nerviosa, pues intuía que la señora no sabía del ataque guerrillero del día anterior. Observó que ocultaba algo entre su amplia falda. Un presentimiento le oprimió el pecho y, levantando el tono de voz, preguntó.

—¿Qué oculta usted?

—Señora, pasó algo terrible y no quiero angustiarla más.

—Más angustiada no puedo estar.

Le extendió el periódico, con un gran titular:

El enfrentamiento entre guerrilleros y paramilitares en Darién deja un herido y varios desaparecidos. Un herido y cuatro desaparecidos fue el saldo del ataque de un grupo armado desconocido al poblado fronterizo de Paya, Darién. Informes preliminares de seguridad indican que la acometida ocurrió en la tarde del sábado, pero solo se supo fuera de los linderos del poblado en la mañana de ayer, domingo, cuando los pobladores dieron la voz de alarma desde Boca de Cupe. El único herido confirmado, Agustín Lorenzo, de 19 años, quien fue trasladado ayer en un vuelo del Servicio Aéreo Nacional desde el poblado de Boca de Cupe hasta el Hospital Santo Tomás, en la capital, según informes de la Policía Nacional, cuatro dirigentes de la comunidad de Paya habrían sido secuestrados, en medio de disparos, por los grupos guerrilleros, que además despojaron a algunos residentes de dinero y alimentos. El director de la Policía Nacional dijo que, tras la notificación del ataque, envió unidades policivas a Paya y al poblado vecino de Pícuro.

A últimas horas de la tarde de ayer, las unidades especiales de la Policía de Fronteras en Boca de Cupe, la última comunidad fronteriza con presencia policiva, interrogaban a los pobladores refugiados allí tras el ataque. Un contingente de policías fronterizos se integró a las patrullas que a primeras horas de hoy lunes se trasladarán a la zona.

Aunque los estamentos de seguridad no han confirmado la identidad del grupo armado que se enfrentaba a los guerrilleros, versiones de los pobladores indican que pertenecen al grupo paramilitar del comandante Andrés. El ataque es la segunda incursión armada que se registra este año en la provincia de Darién».

Bashira se llevó las manos a la cabeza.

—Dios mío, ¿hasta cuándo va a durar esta locura?

La dueña de la pensión le preparó un té de tilo y le dijo que con desesperarse no sacaba nada, que lo mejor era esperar.

CAPÍTULO 10

Apesar de que David conocía la selva, Juan Aguilar contrató a un guía. El indígena guiaba al grupo por la selva darienita, en medio de ellos iban Juan y Ruth. Esta última estaba impresionada por el entorno inhóspito. En un inicio pensó que se trataba de una excursión; ahora, la inclemencia del clima y los insectos la habían hecho cambiar de opinión. A lo lejos se escucharon disparos. David les hizo señas para que se tiraran al suelo. Juan siguió la instrucción de inmediato y le gritó a Ruth que lo hiciera. Ella estaba aterrada y solo atinó a sentarse. El guía escapó y los dejó abandonados en medio de la selva.

Apenas el hombre desapareció, David tomó el mando.

—Conozco bien el terreno, y les exijo que controlen sus emociones, no podemos darnos el lujo de desesperarnos ni de pegar gritos por cualquier causa.

—Tienes razón, debemos cooperar —dijo Juan.

Ruth, conmocionada, pidió un poco de agua y a los pocos minutos, cuando el grupo estaba más calmado, continuaron la marcha. Luego de un par de horas de caminata, Juan les pidió que descansaran. En ese instante, Adriano, uno de los hombres de confianza de David, vio una serpiente junto a la pierna derecha de Juan. Sin pensarlo, extendió el brazo armado con su machete y la cortó en dos, pero no pudo evitar que el animal, en el último instante, lanzara una feroz mordida que acertó en uno de los dedos con los que aferraba su arma. Juan reaccionó apenas a tiempo para apartarse y ver la acción heroica de Adriano, quien permanecía impávido, sin saber si el reptil era venenoso o no.

Juan lo abrazó, conmovido por su gesto valeroso, Ruth le pidió que tuviera fe en Dios, porque Él nunca abandonaba a sus hijos. No terminó de pronunciar esas palabras, cuando un grupo de hombres apareció entre los arbustos y los rodeó. David se colocó por delante, mientras uno de los recién llegados le preguntaba:

—¿Usted es el jefe de Bashira?

—¿Y ustedes quiénes son? —respondió Juan.

—José Daniel, amigo de ella.

—Entonces debe saber que no solo es mi colaboradora, sino mi amiga.

—Teníamos noticias de que estaban aquí; además, es fácil darse cuenta, hacen mucho ruido.

—Vinimos por Bashira… tenemos noticias de que está en este lugar.

—Estaba. Regresó a la pensión.

—¿Regresó?

—Así es, debe estar en Boca de Cupe. Les facilitaremos un hombre para que los guíe de regreso. ¿Tienen un herido?

—Sí, Adriano. Lo mordió una culebra —explicó Juan, aún nervioso.

—¿Qué clase de culebra? —el que hizo la pregunta fue Andrés, quien hasta ese momento permanecía alejado, vigilante.

—Allí está —Adriano señaló hacia los restos del reptil.

El paramilitar fue hasta el sitio y revisó el animal.

—Tienes suerte, podría haberte matado por el susto, pero no por su veneno. Sin embargo, estás sangrando y eso por aquí es peligroso. Debemos atenderte, eso lo resolvemos enseguida.

El comandante llamó por radio a Gloria; le dio indicaciones de su ubicación para que se acercara con el maletín de primeros auxilios. En ese momento, José Daniel le presentó a Andrés, a Juan y a Ruth, quien quedó impresionada con el apuesto subversivo. Cuando llegó Gloria, limpió la herida del joven, le aplicó un medicamento y lo vendó.

—Ahora sí, pueden regresar. Dos de mis hombres los acompañarán para que no se pierdan.

En efecto, emprendieron el camino de regreso y después de una larga caminata, se encontraron con Apolonio, quien les transmitió el mensaje de Bashira.

Cuando llegaron a Boca de Cupe, todos la abrazaron, emocionados, compartiéndole los saludos de Gloria. Bashira les preguntó si José Daniel le había enviado alguna razón, pero ellos se miraron entre sí y luego negaron con movimientos de cabeza. De inmediato, viendo sus rostros cansados, les pidió que descansaran, aunque por el reducido espacio de la pensión debieron acomodarse los hombres en una recámara y las damas en otra.

Al día siguiente, Juan canceló la cuenta, recogieron sus equipajes y emprendieron el viaje de regreso a Panamá, aunque no todos pudieron viajar en el mismo vuelo, por lo que debieron aguardar a que la nave regresara por la tarde.

Retomar la rutina era pesado para Bashira, quien sentía que dejaba atrás algo más que la selva. Recordó a José Daniel y pensó, «¿Estaré enamorada realmente de ese hombre o como dijo él, es una exaltación provocada por el entorno?». En ese instante, se prometió a sí misma, no volver a pensar en él.

Pasaron dos meses y Bashira se fue ajustando a la rutina de su vida, trabajando ocho a doce horas diarias. Sus labores la distraían todo el día y como el tiempo lo cura todo, ya no extrañaba al escritor. En cierta forma se obligó a sacarlo de su cabeza y pensaba: «A lo mejor nunca estuve enamorada de él». En ese momento elevó una plegaria por sus amigos. «Señor, ten piedad de Andrés, has que reflexione y cambie de vida».

Esa mañana llegó Berna, agitando un periódico en la mano. Ella, temiendo lo peor, se lo arrebató y le preguntó:

—¿Qué sucede, por qué traes esa cara?

—No te alarmes mujer, que no es nada malo.

—Dime de una vez. ¿De qué se trata?

Llena de curiosidad revisó el diario y leyó en la sección cultural: «El próximo viernes, en el marco de la Feria Internacional del libro, el escritor José Daniel Carrizo presentará su nueva novela: «Más allá del odio, inspirada en la vida de un comandante paramilitar».

No podía dar crédito a sus ojos. Observó la fotografía de José Daniel y aunque lo notó envejecido, las canas le favorecían. Su corazón se detuvo por unos segundos y se dio cuenta de que seguía sintiendo algo por él.

Berna esperó la reacción de su amiga, pero ella disimuló a la perfección el impacto que le causaba la noticia. Comentó en tono despreocupado.

—Me alegro mucho de que José Daniel haya concluido su obra literaria. Ya sabes todo lo que arriesgó por ese proyecto.

—No lo sé, te negaste a darnos detalles de tu aventura en la selva. Siempre sospeché que fueron intensas.

—No seas novelera, Berna, es que no tenía nada que contar.

—Perdona que no te crea, pero después de ese viaje, no fuiste la misma. Algo pasó que ni a mí, que soy casi tu hermana, quisiste relatar. Milagrosamente, tu inmensa tristeza desapareció.

—Te comenté que cuando me perdí en la selva, me reencontré con mi hijo y lo sentí cercano. Él no se ha ido, está aquí —dijo mientras se llevaba la mano derecha al pecho.

Esa noche Bashira se recostó en el sofá de la sala. Presentía que algo inusual iba a suceder y sus pensamientos fueron interrumpidos por el timbre de la puerta. «¿Qué se le habrá quedado a Berna?», pensó. Tenía por costumbre mirar por el «ojo mágico», sin embargo, esta vez abrió la puerta de par en par y tuvo que contener un grito. Ante sus ojos estaba José Daniel. La sorpresa la dejó muda.

Sonriendo, él le preguntó.

—¿Puedo pasar?

—Perdona mi descortesía, por supuesto que puedes pasar. Adelante, bienvenido.

El visitante avanzó con paso seguro. Ya no llevaba barba, lo que lo hacía lucir más joven. Por otro lado, ganó algunas libras, mejorando mucho su aspecto. Vestía un saco deportivo, sin corbata y con los dos primeros botones de la camisa abierta. Ya no era ese hombre formal y frío de años atrás. Ella lo contempló como atontada. Su silencio se prolongó tanto que él le preguntó.

—¿Qué sucede?

—Estoy aturdida por la impresión, discúlpame.

—No tengo nada que disculparte, al contrario, debí avisarte de mi regreso y no sorprenderte de esta manera. En cierta forma fue una prueba. Quería ver el efecto que te causaba verme.

—No entiendo. ¿Con qué fin hiciste eso?

—No lo sé.

—Bueno, dejemos eso por el momento. Cuéntame, ¿cómo está Andrés?

—Traigo una carta para ti de Gloria, ustedes las mujeres se explican mejor.

Sacó del bolsillo un sobre y se lo entregó. Ella lo rasgó de inmediato y comenzó a leer en voz alta:

«Querida Bashira:

Te escribo, pues en el poco tiempo que te traté, aprendí a estimarte como a mi mejor amiga y fuiste la primera persona a quien le confesé mi amor por Andrés. Sin embargo, traté de cambiar mi vida, de nuevo, volver al mundo. Cuando me despedí de Andrés, él me pidió que no lo dejara. Le confesé mi amor, aunque lo amaba, no deseaba que la selva fuera mi hogar, anhelaba vivir una vida normal, tranquila y en paz. Aún no terminaba de despedirme de todos, cuando nos llegó la noticia de que los guerrilleros habían firmado la paz con el Gobierno y estaban desmantelando sus campamentos. No sin dudas, nuestro comandante aceptó que el combate terminaba, y reconoció que no podía justificar la existencia de su grupo. Se fue conmigo. Lo sentí triste, pero aliviado. Nos casamos y estamos viviendo en Bogotá. Una fundación que se encarga de rehabilitar a los insurgentes le ofreció atención psiquiátrica. Él está recibiendo tratamiento psicológico y es otro hombre. Le consiguieron trabajo como profesor en una universidad y yo he vuelto a trabajar como enfermera. Somos felices y pronto te visitaremos. Andrés les pidió a los muchachos que regresaran a sus casas y ellos aceptaron. Por favor, contéstame a la dirección del remitente, me gustaría saber de ti y que me cuentes la impresión que te causó José Daniel. ¿Todavía lo amas?».

Estas últimas frases no las leyó en voz alta, dobló la carta y la metió en el sobre. Su amigo la miró complacido y, bajando el tono de la voz, le dijo.

—¡Quién entiende a las mujeres! Aman a un hombre, lo callan y piensan que nadie se da cuenta. Sin embargo, sus miradas las traicionan.

Por toda respuesta, ella miró hacia otro lado.

—Ahora, cuéntame. ¿Qué ha sido de tu vida?

—El trabajo en el periódico va bien. ¿Y tú qué has hecho? Supe por la prensa que pronto presentarás tu nueva novela.

—Así es. Cuando Andrés se casó con Gloria y decidió cambiar de vida, creí que ese sería un buen final para la novela y, por supuesto, ya no tenía motivos para permanecer en la selva.

—¿Fue ese objetivo lo que te mantuvo en la selva todo este tiempo?

—No, mi estadía allá no fue solo para escribir una novela sobre un revolucionario. Mi motivación fue otra. Quise aislarme del mundo; me sentía asqueado de tanta porquería y deseaba estar en contacto con la naturaleza para encontrarme a mí mismo.

Hizo una pausa y la miró. Ella lo observaba con una mezcla de alegría y admiración.

—¿Lo lograste?

—Sí, amiga; ahora me siento en paz.

—Te comprendo, y me alegro mucho.

—Cuando le puse título a mi novela, me acordé de ti. En una de las charlas con Andrés, le dijiste que se ubicara más allá del odio. Por esa razón la titulé así.

—Me muero por leerla.

—No te morirás. Te traje tu ejemplar.

Apenas tuvo el libro en sus manos, lo abrió y leyó la dedicatoria: «Para Bashira de José Daniel». Tan escuetas palabras la decepcionaron; no pudo evitar que los ojos se le humedecieran. Él lo advirtió y le dijo.

—¿Sucede algo?

—No, nada; son los recuerdos.

—¿Leíste la dedicatoria?

—Sí, agradezco esas seis palabras.

—¡No! Esa no, la que trae impresa el libro.

Volvió a abrir la novela y revisó las primeras páginas hasta encontrarla. A medida que leía, sus manos temblaban y no pudo evitar el llanto. Fue él quien hizo la lectura con voz suave, pero firme.

— «Dedico este libro a la mujer más maravillosa que

he conocido. A ti, Bashira, por hacerme renacer cuando me sentía vacío, sin respuestas ni sentimientos; viviendo en el ayer, languideciendo entre sombras, dudas y fantasmas. Me enseñaste a ubicarme en el aquí y en el ahora y fuiste para mí el puerto seguro después de la tempestad».

Hizo una pausa y continuó leyendo la dedicatoria:

—«También dedico esta novela a Andrés, hombre honesto y bueno, víctima de la violencia. Lleno de odio, vengativo hasta el extremo de ser igual a sus enemigos; sin embargo, rectificó y ahora es un hombre del cual todos sus amigos nos sentimos orgullosos».

Terminó de leer la dedicatoria y observó a su amiga, quien estaba distante, como hipnotizada. Le preguntó.

—¿Qué te sucede?

—Nunca pensé que me dedicarías tu novela.

—¿Por qué no? Eres una mujer excepcional.

—No pensabas así cuando estábamos en la selva.

—Sí, pero no te lo dije. ¿Opinas qué es demasiado tarde?

—No, nunca es tarde para expresar nuestros sentimientos.

Él la abrazó y la besó en la mejilla. Ella lo atrajo y lo abrazó fuerte, cobijándose en su pecho, en medio de sollozos. Eran tantos los recuerdos que no podía evitar los temblores que agitaban su cuerpo. El escritor la condujo hasta el sofá y se recostó a su lado. Permanecieron ambos en silencio por varios minutos. Él fue el primero en hablar.

—Voy a adaptarme a mi nueva vida en la ciudad y después de un tiempo, quiero que conversemos sobre nuestra vida en común. ¿Te parece bien?

—Después hablaremos.

Se quedó sola con sus pensamientos, tratando de encontrar el equilibrio emocional. Era imposible evitar la sensación de que se trataba de un sueño y que al día siguiente despertaría sintiéndose decepcionada.

Cuando escuchó el timbre del teléfono se levantó de un salto. La luz bañaba la ventana de su recámara y su asombro fue mayor cuando descubrió que eran las ocho de la mañana, cuando siempre se levantaba a las seis. Los acontecimientos de la noche anterior le causaron desvelo y aún persistían: ¿eran realidad o fueron producto de un sueño? El teléfono dejó de sonar. Se levantó despacio y caminó por la recámara. El timbre reanudó su llamado y esta vez lo respondió de inmediato.

—Buenos días, Bashira.

—Buenos días, ¿quién habla?

Apenas oyó la voz supo que era José Daniel, pero quería ganar tiempo para volver a la realidad.

—José Daniel, ¿te desperté?

—Sí, pero debí levantarme hace dos horas. No dormí bien, hasta pensé que aún estaba soñando.

—¿De veras?

—Sí, pero no me hagas caso; es que creía que lo de anoche fue un sueño.

—Y lo fue.

—¿Cómo dices?

—Que sí fue un sueño: el más hermoso que he tenido.

—¡Qué galante! No te conocía esa cualidad.

—Desconoces mucho de mí y no entiendo cómo pudiste soportarme.

—Soportarte no es la palabra correcta.

—¿No? Entonces, ¿cuál es?

—Amarte. Eso fue lo que hice.

—¿Y ya no?

—Con toda mi alma.

—Esa vez no te dije que te amaba, no obstante, desde que llegaste a la selva, me cautivaste, me resistía a volver a enamorarme, suponía que todavía quería a mi exesposa; pero cuando te fuiste me di cuenta de lo que significabas para mí.

—¡No lo puedo creer! Cuando convivimos esos días, me demostraste todo lo contrario.

—En cierta forma te rechazaba, porque no quería complicaciones a estas alturas de mi vida. Soy un hombre de cincuenta años y la verdad no sé si pueda adaptarme a vivir con otra mujer. Recuerda que en el primer intento fracasé.

—Cielo, no pretendas que la vida te dé la certeza de que estás haciendo lo correcto. Lo importante es poner todo lo que está de nuestra parte para que la relación funcione; lo demás, Dios dirá.

—Quien te escuche, diría que es fácil.

—No es ni fácil ni difícil. Es atreverse a ser feliz. Recuerda, que la felicidad no es un regalo, es una conquista.

—¿Sabes? Esa es una de las razones por las que te quiero tanto.

—¿Cuál es esa misteriosa razón?

—Tu sabiduría.

—Gracias, me halagas.

Luego la invitó a desayunar, pero ella le dijo que era mejor que fuera a su casa y desayunaran lo que pensaba preparar. Él no tardó mucho en llegar, por lo que ella lo recibió recién salida del baño, en bata. Le pidió que esperara que se arreglara. Él, sonriendo y con una leve reverencia, le dijo.

—¿Puedo ofrecerle ayuda, su majestad?

Iba a decirle que no, que podía hacerlo sola, pero se detuvo, sonriendo con coquetería. Le fascinaba aquel derroche de buen humor.

—En estos momentos no, pero quizás más tarde, cuando vaya a desvestirme, es probable que necesite de su auxilio.

Él inclinó la cabeza haciendo como si se despojara de su sombrero para cederle paso a la recámara.

Cuando volvió a la sala, notó que él estaba en la cocina, preparando el desayuno.

—Algo sabía antes de estas cosas, sin embargo, en la selva obtuve un doctorado. Mi especialidad, trabajar rápido y con pocos recursos. Siéntate y déjame servir.

Quedó impresionada cuando vio la desenvoltura con la que él preparó un bistec, huevos, tortillas y café.

—Disculpa, hice una incursión rápida al refrigerador y me apropié de unas cuantas provisiones.

Sonriendo, mordió el primer bocado y enseguida dejó escapar una exclamación de satisfacción en favor del cocinero.

Después de desayunar, él le pidió que fueran al parque Metropolitano. Decía que así recordaría los días que pasaron juntos en la selva. Al principio, ella se opuso y le sugirió que fueran a la playa, pero él la convenció: eso sí, rechazando los servicios de un guía, aduciendo que se consideraba un experto en sobrevivencia en la jungla.

Luego de una caminata por el Parque, durante la cual dialogaron sobre su vida y sus proyectos, fueron a almorzar a una cafetería cercana. Durante la sobremesa, llegaron a tocar los sucesos del acontecer político. En ese momento, José Daniel atendió una llamada en su celular y ella notó que el rostro se le contraía a medida que escuchaba a su interlocutor. Finalizó diciendo que iría de inmediato.

—¿Qué sucede?

—Mi hija…

—¡No sabía que tenías hijos!

—Hija. Una sola. Y no te extrañes por ignorarlo, son pocas cosas las que sabemos de nosotros.

Él tenía razón de su vida personal, apenas sabía de su amor desmedido por Rubí, que ella lo había dejado por otro hombre y la crisis emocional que eso le causó.

—Pero, ¿qué le sucedió a tu hija?

—No estoy seguro, me dicen que intentó suicidarse…

Ella ahogó una exclamación mientras él se ponía de pie ofreciendo llevarla a su casa, porque tenía que salir de inmediato. Según Rubí, el doctor deseaba hablar con él de manera urgente.

—No te preocupes por mí, puedo solicitar los servicios de Uber. Se trata de una urgencia y no debes retrasarte.

Él le dio un abrazo agradeciendo su compañía y su consideración. Cuando él salió, ella ordenó otro café y se quedó un rato meditando la situación. Todo fue tan rápido, que se sentía insegura con esa relación y ahora, para colmo de males, se enteraba de la existencia de una hija en la peor de las circunstancias. ¿Podría lidiar con tantas complicaciones?

Un par de horas después llegó a su casa, sin tener noticias de José Daniel. Decidió esperar; no quería ser inoportuna llamándolo, sabiendo que se hallaba en medio de gran tribulación. Cerca de las nueve no soportó más y lo llamó, sin obtener respuesta. Al día siguiente, a primera hora, llamó de nuevo y tampoco obtuvo contestación. Insistió al medio día, con éxito, esta vez. Entre resentida y disgustada, le dijo.

—Estaba preocupada, anoche te llamé varias veces y no contestaste.

—Mantuve el teléfono en silencio. Me quedé con mi hija.

—¿En el hospital?

—Bueno, no. Ella no quedó hospitalizada; la medicaron y está bajo cuidados médicos en su casa.

—Disculpa la pregunta, ¿su casa es la casa de Rubí?

—Sí, también es la casa de mi hija.

—¿El marido de Rubí lo permitió?

—Él no tiene que permitir nada. Fui yo quien pagó esa casa.

—Puede ser, pero él es su marido actual.

—Ya no. Él la abandonó hace un mes.

—¿Abandonó la casa o ella lo despachó cuando regresaste? —a esa altura de la conversación le era imposible disimular su enojo.

—No creo, Además, con los graves problemas que

tengo, eso no me interesa.

—Ya veo. En verdad, somos unos desconocidos, el uno para el otro. Lamento lo de tu hija y deseo que Dios le devuelva la salud pronto.

Era imposible no notar el dolor con que pronunciaba estas palabras. Incapaz de exponer una frase que cerrara la conversación, extendió el silencio tanto que el escritor optó por cerrar sin decir más. Ella, presa de un amargo sentimiento, se quedó un rato aun con el teléfono en la mano, congelada.

CAPÍTULO 11

El día de la presentación de la novela de José Daniel, Bashira dudó en asistir, pero Berna fue a buscarla y la animó. Se arregló con mucho esmero, lucía, bonita, con un vestido negro de corte recto, altos tacones y un collar de perlas. Con el cabello recién cortado, se veía más joven. A la entrada de la sala, el autor se excusó con un grupo que lo entrevistaba y fue a recibirlas en persona. Sus primeras palabras fueron casi atropelladas y algo confusas.

—Gracias por venir, muchas gracias, me haces feliz, y disculpa todos los malos momentos que te he dado.

Cuando le preguntó por su hija, apenas logró decirle:

—Mejor, estoy esperándola.

Luego las condujo por el salón y las acomodó en primera fila, a pesar de que Bashira no deseaba destacar, aceptó ante su insistencia. En ese instante notó la entrada de dos bellas mujeres. Una era morena, de cabellos largos y negros, de aspecto distinguido, como de cuarenta y cinco años; la acompañaba una preciosa señorita, casi adolescente. Por la manera en que el escritor se les acercaba y les daba un beso a ambas en las mejillas, ella supuso que eran Rubí y su hija; pero justo en ese instante se estremeció al ver cómo la mujer lo tomaba de la mano y le devolvía el beso, esta vez en los labios.

Él las tomó a ambas por un brazo y las condujo al lado de Bashira. Levantó la voz y las presentó.

—Bashira, te presento a Rubí y a mi hija Lourdes.

—Encantada de conocerlas —expresó ella haciendo acopio de fortaleza.

—¿Ella es Bashira la de la dedicatoria, papá? —preguntó la chica.

—Así es, hija —respondió él.

Cada palabra era para Bashira como puñales clavados en el corazón. No obstante, sonrió. Tuvo que confesar que la chica le simpatizaba. No pensó lo mismo de Rubí, quien la observaba en forma escrutadora y despectiva, recorriéndola de pies a cabeza.

—¿Usted es la periodista involucrada con los guerrilleros? —preguntó la mujer en tono hiriente.

—¿Cómo? ¡No estoy involucrada con guerrilleros, señora! Laboro en el diario más importante del país, eso es lo que hago cada día.

—No te enojes, no fue mi intención ofenderte.

—Solo aclaro el asunto, porque maneja usted información nada fidedigna.

José Daniel entendió que debía dar un corte final a la discusión y le pidió a Bashira que fuera con él a un costado de la sala. Ella se mantuvo en su puesto.

—No es el momento para charlas privadas; este es un acto público. Es tu noche; olvídate de todo y haz que siga el evento.

—Gracias por tu comprensión.

El escritor lució contento con su obra, y el acto se cumplió como estaba previsto. Reporteros de la prensa, la televisión, la radio y las redes sociales lo asediaron con preguntas sobre la obra y los pormenores de su elaboración.

Bashira y Berna se retiraron una vez concluida la parte central del acto. Rubí y Lourdes se quedaron, acompañando a José Daniel en todo momento. En el trayecto a casa, Berna le preguntó.

—¿No te parece raro que una exesposa figure tanto? ¿Acaso se reconciliaron?

—No lo sé, ni me interesa —fue su respuesta.

—Ella tenía otro marido. ¿No es así?

—Según tengo entendido, él la dejó.

—Ah, ¿así que ahora la bribona anda en son de reconquista?

—Es su problema.

—¡Oye! No me diga que estás molesta por…

—¡Basta, Berna! Eso es asunto de ellos. No me interesa, punto.

Cuando llegaron a su casa casi no se despide. No deseaba darle oportunidad a una nueva pregunta de ese tipo, pues notaba la curiosidad que los acontecimientos de esa noche provocaban en su amiga. En realidad, deseaba estar sola con sus pensamientos, pero también abrigaba la secreta esperanza de que, en cualquier momento, José Daniel la llamaría. Pero no fue así.

Como siempre se levantó temprano, hizo sus ejercicios de rutina y desayunó. Ya estaba de salida cuando vio el nombre de José Daniel en la pantalla del celular.

—Buenos días.

—Buenos días, ¿por qué razón te retiraste tan temprano anoche?

—Me retiré cuando finalizó el evento.

—Quería hablarte durante el brindis.

—No quise incomodarte. Bastantes contratiempos te causé, al parecer.

—¿Incomodarme? Para nada; además, no creo que hubo tales inconvenientes.

—Fueron obvios; ni tu hija, ni Rubí, se veían complacidas con mi presencia.

—No les hagas caso, Lourdes pasó por una severa depresión hace poco y anda como quisquillosa, hasta impertinente.

—Mira, voy a ser clara y quiero que me respondas igual. ¿Sigues con Rubí? ¿La amas aún como me dijiste aquella vez?

El hombre guardó silencio por varios segundos, después, despacio, dijo

—No. Hemos estado más juntos que de costumbre por recomendación de los doctores que están asistiendo a Lourdes en estos momentos. Pero que yo sepa, no se puede amar a dos mujeres a la vez. Yo te amo a ti.

No esperaba esa respuesta. Su corazón vibró de felicidad y con palabras entrecortadas, dijo.

—Cuando vi llegar a Rubí, tuve miedo de perderte, pues pensé que ustedes… no sé, algunas parejas se separan y tiempo después arreglan sus diferencias y regresan a vivir juntos.

—Voy a serte sincero, nos llevamos bien dentro de lo posible. Pero amor, lo que se dice amor, solo lo siento por ti.

—Comprendo y gracias por tu sinceridad. No soporto la mentira. La traición empieza con el engaño y termina destruyendo el amor.

Luego él le dijo que por asuntos de la editorial tendría que viajar a Los Estados Unidos, pero que la visitaría esa noche para hablar con más tiempo. Así lo hizo; sin embargo, llegó con rostro preocupado. Ella lo notó enseguida y quiso saber la causa.

—Vengo de hablar con el médico de mi hija. No está siguiendo las indicaciones y eso es peligroso.

—¿Cuál es la causa?

—Son múltiples. La edad, la rebeldía; dice que su madre no la comprende, que yo no la quiero y que por eso la abandoné, que desde que me fui de la casa, la situación es difícil para ella, que no soportaba al marido de Rubí, que no tiene amigas porque nadie la aprecia.

—¿Cómo es posible que Rubí permita que el problema haya llegado a este punto?

—Ella es de las que dice que es amiga de su hija antes que madre. Se comporta como una colegiala.

—¿Y dejó que su marido le amargara la vida a su hija?

Él prefirió guardar silencio. Sin duda el problema se salía de sus manos, y hasta se sentía responsable de los problemas de su hija. Varias veces pensó que no fue buena su elección de esa madre para Lourdes.

—Si pudieras hablar con mi hija, aconsejarla, aliviarla de lo que la atormenta.

—No puedo hacer eso. ¿Pretendes que vaya a casa de Rubí y le diga que quiero hablar con su hija? Sí, me detesta sin haberme metido con ella.

—No. No te pido eso. Sería Lourdes la que se reuniría contigo. Tú le simpatizaste y tienes mucha intuición y facilidad para comunicarte con los demás.

—Ella también me cae bien y con mucho gusto hablaré con ella, si arreglas todo.

—Me agradaría que ustedes fueran amigas.

—Solo Dios dirá, por mi parte pondré todo el empeño para lograrlo.

Al día siguiente, Lourdes la llamó. Conversaron por varios minutos y la joven quedó en visitarla en horas de la noche. Cuando llegó, se notaba nerviosa. Bashira le pidió que se sentara. La chica permaneció en silencio por varios minutos, luego se levantó, recorrió la sala viendo los cuadros y adornos de las paredes hasta que al fin se detuvo frente a ella.

—Sé que estás enamorada de mi padre, aun así, quiero pedirte que lo dejes. Él no será feliz contigo, todavía ama a mi madre y si tú sales de su vida, tarde o temprano, él volverá a vivir con nosotras. Yo lo necesito y mi mamá también.

No supo qué contestar. Observó a Lourdes sin hacer comentarios. Ella se movía de un lado a otro. Alzó el tono de la voz y casi gritando, dijo.

—No te quedes callada y dime algo.

—Es que no sé qué decirte. Mira, si tu padre todavía ama a Rubí, no tienes de qué preocuparte. No soy yo quien tiene que tomar una decisión, sino él.

—No me vengas con eso. Si tú le dices que no lo quieres, él buscará refugio en los brazos de mamá.

—Perdona, pero no creo que deba ser yo la que haga eso.

—¿Le vas a quitar el marido a mi madre?

—Tengo entendido que tu padre es un hombre divorciado.

—En lo referente a la ley, así es, pero emocionalmente no. Todavía está unido a mi madre.

—Si es así, ellos se reconciliarán sin que yo intervenga.

—No me quieres ayudar, ¿verdad?

—No se trata de eso. Me pides un absurdo.

—Supongo que papá te habrá dicho que intenté suicidarme, ¿acaso por eso piensas que estoy loca?

—¡No dije eso! No tergiverses mis palabras.

—¿Sabes? Si te casas con mi papá, serás responsable de la decisión que yo tome.

—¿Se puede saber a qué decisión te refieres?

—A suicidarme, ¿entendiste?

— Lourdes, no estás actuando con madurez.

—Ya te lo dije, quedas advertida.

Se encaminó a la puerta, pero Bashira la detuvo y sujetándola por un brazo.

—¿Por qué no le permites a tu padre ser feliz?

—Es lo que deseo, ¿no ves? Él solo será feliz con mi madre.

—Ya lo intentaron sin lograrlo.

Al verse sin argumentos, la chica, fuera de sí, gritó.

—Maldita, ¿no comprendes? ¡Sal de la vida de mi padre o te arrepentirás!

Salió, dando un portazo y Bashira quedó sumida en un mar de dudas. No deseaba ocasionar una desgracia. Sin embargo, no haría nada hasta hablar con José Daniel. Le escribió un mensaje relatándole las incidencias del encuentro. Él respondió de inmediato; la tranquilizó, diciéndole que al volver del viaje, hablaría con su hija seriamente, pues ya estaba en edad de comprender ciertas situaciones.

CAPÍTULO 12

Cuando José Daniel regresó, de inmediato fue a visitar a Bashira. Apenas lo vio, ella supo que las cosas no andaban bien.

—¿Y esa cara?

—Acabo de hablar con mi hija. Le afirmé que lo nuestro es serio y que tan pronto me aceptes, nos casaremos.

—Dios mío. ¿Y cómo reaccionó?

—Ya te puedes imaginar. Se enojó mucho. Me pidió que no la viera más.

—¿Qué piensas hacer?

—No voy a permitir que ella y su madre me manipulen. Tengo derecho a rehacer mi vida. ¿Aceptas ser mi esposa?

—No deseo provocar una desgracia. Creo que es mejor que primero resuelvas el problema con tu hija y luego veremos.

—Entonces, ¿no me amas?

—Precisamente porque te amo, no deseo que nuestra decisión afecte a tu hija.

—Siempre preocupada por el bienestar de los demás. ¿Acaso nunca piensas en ti misma?

—Sí, lo hago, pero nadie puede afincar su felicidad en la desdicha de otras personas.

—Comprendo tu punto de vista. Trataré de solucionar este asunto.

Ella sonrió y se le acercó para abrazarlo. Él la apretó contra su pecho y buscó con desesperación su boca, besándola como si ese fuera el último beso.

—Es mejor que me retire, aunque me gustaría quedarme contigo esta noche.

—No, eso sí que no. Hay demasiados cabos sueltos…

—Somos adultos, mi amor, no te comportes como una adolescente temerosa.

—No se trata de eso. Es que tengo que estar segura de tu amor.

—¿Acaso no lo estás? ¡Te he propuesto matrimonio!

—Eso no es suficiente.

—No puedo creer que dudes de mí.

—No discutamos más, ¿quieres? Resuelve tus problemas y entonces podremos tener una vida en común y procuraremos ser felices.

—Así lo haré, te lo prometo.

Cuando José Daniel se retiró, fue a casa de Rubí. Necesitaba hablar con ella. Lourdes no se encontraba en casa y aprovechó para enfrentarla y preguntarle lo que sugería. Con frialdad, ella respondió que el dinero no era suficiente para costear el tratamiento de la muchacha. Que, si le asignaba una suma mayor, ella convencería a Lourdes para que aceptara a su nuevo amor.

Sin poder contener su enojo, le preguntó.

—¿De cuánto estás hablando?

Rubí se levantó, caminó despacio y se sentó a su lado. Sonriendo con picardía, dijo.

—¿Cuánto vale el amor que sientes por esa mujer?

—Los sentimientos no se miden con dinero.

—¡Qué espiritual te has vuelto! No me digas que ella es la responsable de tal transformación.

—Aunque no lo creas, es así, lo que tú tienes de materialista, ella lo tiene de espiritual, pero terminemos esto de una vez por todas. ¿Cuánto?

—¿Cincuenta mil dólares?

—Mañana mismo haré la transferencia a tu cuenta de banco. Espero que así salgas de mi vida para siempre.

—Con ese dinero me iré a Europa; unas vacaciones me ayudarán mucho.

—A ti, ¿y a Lourdes?

—Ni sueñes con que voy a llevarla; con ese «paquete» te quedas tú.

—¿Cómo es posible que te refieras a nuestra hija como un «paquete»?

—No te pongas melodramático y vete de una vez por todas. Mañana cuando hagas la transacción me avisas.

Se marchó deprisa, pensando una y otra vez: «¿Cómo fue posible que él se enamorara de esa mujer?». Gracias a Dios tenía el dinero suficiente para salir de ella de la mejor manera. Llamó a Bashira y le contó su conversación. Ella quedó asombrada por el cinismo de la mujer y en su interior pensó si sería cierto que Rubí cumpliría su palabra de marcharse después de recibir el dinero.

Antes de partir de viaje para Europa, Rubí habló con Lourdes y le explicó que le había pedido dinero a su padre a cambio de dejarlo en paz. También le ofreció a su hija darle parte de ese dinero, pero la chica se rehusó y le pidió que la llevara con ella.

—¿Estás loca? Si pretendo pescar un marido millonario, tú, mi querida hija, serías un estorbo. Quédate con tu padre al que tanto quieres y a mí déjame en paz.

La chica recogió su bolso y salió sin despedirse. Vagó por varias horas sin saber qué hacer. Eran como las siete de la noche, cuando tocó la puerta de la casa de Bashira. Ella misma le abrió y la invitó a pasar.

—¿Qué te trae por aquí?

—Vine a pedirle perdón, fui majadera.

—No te preocupes, no hay nada que perdonar.

—¿De veras usted quiere a mi padre?

—Con todo el corazón.

—Sin embargo, él me dijo que al regresar de viaje, le pidió que se casaran y usted no aceptó, ¿por qué?

—Ya ves, por los conflictos que él debe resolver. Si no lo hace, nuestra relación estaría condenada al fracaso. A estas alturas de la vida, no podemos darnos el lujo de equivocarnos.

—Me imagino que mi padre le contó que ya solucionó el asunto de mi madre. Lo peor de todo es que lo resolvió con dinero, me da vergüenza.

—Por favor, no la juzgues.

—¿Todavía la defiende?

—No se trata de eso. No puedes juzgar sus errores.

—Sí, tiene razón, pero, ¿sabe algo? No me la imagino como mi madrastra.

—No lo hagas.

—¿Cree que algún día usted y yo podamos ser amigas?

—Estoy segura de que así será.

—Gracias, por ser tan comprensiva. No me imagino lejos de mi padre.

—A la orden, eres la hija del hombre que amo y él te quiere mucho.

Dos meses después de esa conversación, ambas superaban las diferencias iniciales y eran buenas amigas. José Daniel estaba feliz y tranquilo. Esa noche, mientras planeaban la boda con Bashira, él dijo que escogería el padrino y ella seleccionaría la madrina.

—Lourdes, ¿aceptarías ser la madrina de mi boda?

—¿Yo?

—Si eso te trae problemas con tu madre, olvida mi ofrecimiento.

—Acepto encantada, pues nunca he sido madrina de bodas. ¡Qué emoción!

Bashira personalmente fue a entregarle la tarjeta de invitación a la boda a Juan Aguilar, él abrió el sobre y la contempló, sin decir una sola palabra. No era el momento de decirle que la amaba.

—¿Estás triste? ¿No te alegras por mí?

—Claro que me alegro, lo que más deseo en la vida es tu felicidad.

Lo abrazó, agradeciendo su amistad.

Algo que Bashira no sabía es que José Daniel y Rubí no se casaron por la Iglesia. Por esa razón se sorprendió mucho cuando él le pidió que organizara la ceremonia religiosa. Ella todavía dudaba; superar la pérdida de un hijo es imposible y se preguntaba una y otra vez si podría hacerlo feliz.

El día de la boda ella lució radiante con un vestido de novia poco convencional. Su traje era de color violeta, largo, de amplio vuelo y con los hombros descubiertos. Portaba un pequeño sombrero del mismo color con un velo que le cubría los ojos. Lourdes, la madrina de la boda, se veía esplendorosa. Cada vez que pasaba cerca de la pareja, los abrazaba. Bashira observó que un joven llamaba a José Daniel para darle un mensaje, este se dirigió a la puerta de entrada de la iglesia y regresó a toda prisa.

—¿Qué sucede, mi amor, por qué vienes tan alterado?

—¿No te imaginas quiénes están en la entrada?

Miró en la dirección que él indicaba y tuvo que hacer un esfuerzo para reconocerlos: eran Andrés y Gloria que venían hacia ellos.

Se abrazaron, eufóricos, y en ese momento escucharon los acordes de la marcha nupcial. El sacerdote inició la ceremonia.

—Hermanos, estamos aquí reunidos para que Dios bendiga el amor de esta pareja, les dé fortaleza en su mutua fidelidad y los oriente en su misión de vida en común. Ante esta asamblea, les pregunto sobre sus intenciones: José Daniel y Bashira, ¿vienen a contraer matrimonio sin ser coaccionados y libremente?

—Sí, padre, venimos libremente.

—Ya que desean contraer matrimonio, unan sus manos y manifiesten su consentimiento ante Dios y su Iglesia.

Un ruido desde el fondo interrumpió al sacerdote. Todos los presentes voltearon la vista hacia la entrada y vieron a cuatro hombres fuertemente armados que irrumpían en el templo.

—Esto es un asalto, pongan su efectivo, celulares y joyas al frente —gritó uno de ellos.

Bashira, paralizada, observó que el sacerdote soltó el cáliz, que cayó dando tumbos por los escalones del altar, derramando el vino consagrado. Este hizo la señal de la cruz. Varias veces habían robado en su parroquia, pero nunca se atrevieron a interrumpir una ceremonia religiosa. Los invitados contuvieron el aliento y permanecieron en sus puestos. José Daniel y Andrés cruzaron sus miradas, justo antes de saltar sobre el jefe de los ladrones. Andrés, en una especie de danza macabra, desarmó al individuo, le arrancó el suéter de manga larga y le amarró las manos a su espalda. José Daniel cayó sobre el otro delincuente, lo golpeó tan fuerte que perdió el conocimiento, tomó la pistola y se la colocó en la parte de atrás del pantalón. David y uno de sus asistentes enfrentaron a los dos hombres que recogían las joyas y el dinero, quienes, al ver a sus compinches reducidos, alzaron las manos. El delincuente que cuidaba la puerta vino hacia ellos apuntando con su arma, sin percatarse de que la novia, se le aproximaba por un costado.

A la mente de Bashira llegaron imágenes, en secuencia, y enseguida lo reconoció. Sin importar que estuviera armado, lo empujó con todas sus fuerzas, el delincuente, sorprendido, trastabilló, cayendo de bruces, mientras el arma se le deslizó de sus manos. Ella, sin perder un instante, la recogió.

—Asesino, tú mataste a mi hijo.

El delincuente se incorporó, la miró e intentó correr hacia la puerta de salida, pero ella le apuntó con frialdad y disparó dos veces, haciendo que rodara por el piso.

Mientras José Daniel llegaba hasta ella, Andrés se acercó al hombre caído y lo revisó.

—Está vivo. ¡Llamen a una ambulancia!

En ese momento, Bashira despierta. Su pesadilla fue tan vívida que aún siente el corazón agitado y la frente sudorosa. Al retomar el aliento, entiende que jamás superará la pérdida de su hijo, si no encuentra primero al asesino prófugo. Marca el número de teléfono de José Daniel y, apenas este responde, le dice:

—Cancela la boda.

Sin escuchar las preguntas que el hombre le hace desde el otro lado, baja los brazos como si un cansancio enorme la agobiara. El teléfono se desliza de sus manos y cae.

OBRAS PUBLICADAS

Caminos y encuentros
Y era lo que nadie creía
Travesías mágicas
La noche oscura
La cárcel de temor
Roberto por el buen camino
La raíz de la hoguera
Los ángeles del olvido
No hay Trato
Mujeres en fuga
Agenda para el desastre
Niña bella
El retorno de los bárbaros
El crepitar de la Hoguera
Diagnóstico: N. P. I.
Los misterios del olvido
El arcoíris sobre el pantano
El poder desenmascara
Un grito desde el silencio/ el oscuro abismo del bullying
El murmullo de la sombra
Vida de compromiso
La noche no dura para siempre
Se presume culpable
Veinte años Después
La burbuja invisible
Solo en la noche se observan las estrellas
¿Qué vamos a hacer después de lo que nos hicieron?
En el umbral del olvido

www.ingramcontent.com/pod-product-compliance
Lightning Source LLC
Chambersburg PA
CBHW050831180626
46814CB00004B/1559